Inge Harländer

Schurersblut
- Ein Dieb mit Herz -

Roman

Inge Harländer, geboren 1954 in Schleswig-Holstein, schreibt Romane mit historischem Hintergrund.
Sie beschäftigt sich seit Jahrzehnten mit der Geschichte ihrer Geburtsstadt.

Schurersblut war die erste literarische Veröffentlichung und erfährt jetzt eine leicht veränderte Neuauflage.

Der Roman begründet sich auf historischen Begebenheiten.

Ersterscheinung 2010, **Neuauflage 2016**
© Inge Harländer

Nachdruck, auch auszugsweise, nicht gestattet

Titelbild und Bilder unter Verwendung der Zeichnungen

von Amalie Braune, geb. Grimm

Herstellung und Verlag

BoD- Book on Demand Norderstedt

ISBN 9783739233895

Auch als E-Book erhältlich

Schwanenteich
Zeichnung Amalie Braune geb. Grimm

Der Kirchturm der Heider St.Jürgen Kirche.
Zeichnung Amalia Braune geb. Grimm

Eisige Kälte hielt die Landschaft umfangen.

Überall waren hohe Schneeverwehungen entstanden. Ein scharfer Ostwind blies und wirbelte die Flocken durch die engen Gassen des unter dänischer Herrschaft stehenden Ortes.

Der Krieg war vorbei. Die Kosakenschar war abgezogen, aber das Land war ausgeblutet von der langen Besatzung und der dänische Staat war bankrott. Dazu kam dieser schlimme Winter. Man fror in den Häusern der ärmeren Leute, die aus nicht viel mehr als Kammer und Küche bestanden. Nicht nur das Geld war knapp, auch Holz und Torf waren es. Schwierige Zeiten waren es, als die Hebamme den jungen Ohloff ans Licht der Welt zog.

Und so musste der Vater Johannes, nachdem er sich durch den Eiswind zum Pastorat am Markt gekämpft hatte, dem Pfarrer zunächst sagen, dass Mutter und Kind wohlauf wären, bevor er stolz verkünden konnte, dass sein Stammhalter geboren war.

Ja, stolz war er auf seinen kleinen Sohn, auch wenn er nicht wusste, wie er von seinem kargen Erwerb einen weiteren Mund stopfen sollte.

Stolz war er, als der Pfarrer zur Feder griff, sie in die zähe Eisengallustinte tauchte um den Namen Peter-Johannes im Kirchenbuch zu verzeichnen. Der Name Johannes fand sich nicht zum ersten Mal dort. Es war seit langem Tradition, dass die Erstgeborenen der Familie Ohloff diesen Namen trugen. Auch manchen Peter hatte es gegeben; zum Beispiel den Großvater seiner Frau, der sich bei allen, die ihn kannten, ein Andenken als rechtschaffener und hilfsbereiter Mann bewahrt hatte. Aber sein Peter-Johannes trat nun zum ersten Mal in die Register ein.

Der Vater machte deshalb ein ernstes Gesicht, während der Pfarrer sorgfältig im Buch verzeichnete:

Peter-Johannes Ohloff, geboren am 1.Februar 1814, ehelicher Sohn des Johannes Ohloff, Besenmacher, wohnhaft in Heide und seiner Ehefrau, Dorothea, geborene Jacobs, Dienstmagd.
Darunter ergänzte er, denn die Taufe war ohnehin für den kommenden Sonntag geplant:
Paten sind der Holzarbeiter Claus Claussen und der Prediger Hans Mommsen.
Noch heute lesen wir diesen Eintrag genau so, wie ihn der Pfarrer vor zwei Jahrhunderten in den Kirchenbüchern hinterließ.
Und wir wissen aus den Annalen auch, freilich aus anderen Chroniken, dass aller Grund bestand, ein ernstes Gesicht zu machen.
Aber der Pfarrer konnte dies nicht wissen, als er dem Vater eine Rübe, einige Kartoffeln und eine größere Menge Butter in ein Tuch band. Der Vater wusste es auch nicht, als er der Hebamme auftrug, daraus ein warmes Essen zu bereiten. Die Hebamme wusste es nicht, als sie in Vorfreude auf die erste warme Mahlzeit seit langem den Topf auf die Feuerstelle setzte. Und auch Mutter Dorothea wusste es nicht. Da half es auch nichts, dass sie die Schule fleißig besucht hatte und lesen, schreiben und sogar etwas rechnen konnte.
Und der kleine Peter-Johannes wusste es schon gar nicht. Er schlief in seinem Esel, den der Vater gezimmert hatte, und nahm vorerst von kaum etwas Notiz.
Der Esel, ein Holzgestell, das man zusammenklappen konnte, war sehr praktisch für die engen Häuser. Die Mutter hatte, singend, einen Strohsack mit Stoff umnäht und Kissen und Bettdecke mit Enten- und Gänsedaunen befüllt.

Trotz der drückenden Verhältnisse wuchs Peter-Johannes gesund heran.

Er war eher schmächtig und klein, doch das blonde Haar seiner Mutter und die leuchtend blauen Augen des Vaters trugen nicht wenig dazu bei, dass jeder ihn verwöhnte so gut es eben ging. Er war ein aufgewecktes Kind mit gutem Herzen. Häufig, wenn er - besonders im Sommer – im Schatten der alten Kastanien am Ende der Dohrnstraße spielte, lugte er in den Schüttkoven. Wenn Tiere darin waren, rupfte er Grasbüschel heraus und fütterte sie. Er wusste von seinem Vater, dass jeder, der ein entlaufenes Tier einfing, es dorthin brachte, bis es vom Besitzer gegen eine Gebühr ausgelöst wurde. Nur warum niemand den Tieren Futter gab, solange sie dort waren, hatte er nicht verstanden.

Auch, dass der alte Name Schüttkoven daher stammt, dass etwas eingesperrt oder eben eingeschüttet wurde, hatte ihm sein Vater erklärt.

Tausend Fragen musste ihm der Vater beantworten, wenn er mit seinem Sohn in die Rüsdorfer oder Süderholmer Moore ging, um Birkenreisig für die Besen zu holen.

„Vater, warum wachsen die Birken alle so schräg in eine Richtung?", „Vater, warum bricht dem Buntspecht der Schnabel nicht ab, wenn er damit immer gegen die Bäume hämmert?", „Vater, wieso ist der Boden unter unseren Füßen hier so weich?", „Vater, weshalb drehen sich die Igel immer zu einer Kugel zusammen, wenn man ihnen zu nahe kommt?" Geduldig antwortete Johannes seinem wissbegierigen Sohn auf dessen Fragen und erklärte ihm so Vieles über die Natur.

An der Westerweide gab es eine Kuhle, in der altersschwache und kranke Pferde abgestochen wurden. Darin lagen oft zwei, mitunter sogar vier Pferde und verwesten allmählich, weil niemand das Fleisch von kranken Pferden aß. So übernahmen Füchse, Hunde aber auch Krähen die Kadaverbeseitigung. Ganze Krähenschwärme saßen auf den toten Tieren, hackten darin herum, rissen sich Stücke heraus und stoben hoch, wenn man nahe herankam. Niemand nahm sonderlich Anstoß daran, aber der Junge musste dann immer an die Worte denken, die sie jede Woche im Gottesdienst sprachen:„Hinabgestiegen in das Reich des Todes… aufgefahren in den Himmel.“

Er wusste, dass jene Worte hier fehl am Platz waren und etwas bedeuteten, was er noch nicht verstand. Aber denken musste er doch immer wieder daran, während der Vater stumm neben ihm herschritt und froh war, dass sein Sohn bald in die Schule ging. Über manche Dinge mochte ein Lehrer wohl besser Bescheid wissen, als ein armer Besenbinder.

Gern tobte Peter-Johannes durch die anderen kleinen Gassen des Ortes. Spielte oft auf Kleinheide mit seinem Freund Marten und den Söhnen des Müllers Schmidt. Mit Vergnügen ließen sie alte Wagenräder, die beim Müller an der Hauswand lehnten, über die Wege rollen. Gewonnen hatte, wessen Rad als letztes umfiel.

Aber nicht nur solche Wettbewerbe mochte er. Gern sah er den Schwalben bei ihren Flugkunststücken zu.

Die Schwalben nisteten im Stall, wo immer ein Fenster für sie offen gelassen wurde. Die Mutter meinte: „Wo Schwalben nisten, ist das Glück im Haus“, und lachte ihre beiden Männer an.

Gern half er ihr auch, den weißen Sand, den man in Rüsdorf kaufen konnte, oder aus Büsum heranschaffte, gleichmäßig über den Lehmboden des Häuschens zu verteilen. Wie hell und feierlich wurde es doch im engen Stübchen!

Und neugierig war der kleine Junge. Er freute sich immer, wenn er mit seiner Mutter am Postamt Ecke Südermarkt vorbeikam. Er tippte auf die Liste der zur Abholung ausgelegten Briefe. Sie musste ihm dann die Anschriften und Portopreise vorlesen und er dachte sich Geschichten dazu aus.

Auch in den Gottesdienst ging er gern, denn auch dort hörte man immer neue Geschichten. Ob eine Kuh entlaufen oder im Ort ein Haus zu verkaufen war, all das teilte der Pastor mit, denn die wöchentliche Zeitung konnte sich nur die wohlhabende Bevölkerung Heides leisten.

Die Predigt interessierte ihn weniger. Er vertrieb sich die Zeit, indem er die Kirchenstühle mit den Geschlechterwappen, Hausmarken, Jahreszahlen und Namen der einstigen Inhaber betrachtete. Sein Vater hatte ihm erklärt, dass die Kirche St. Jürgen über dreihundert Jahre alt war, und dass die Finger seiner Hände nicht ausreichten, um auszurechnen, wie viele Mal älter sie war, als Peter-Johannes selbst. Der konnte nicht begreifen, dass es so viel Zeit geben sollte, in der er noch nicht da gewesen war. Aber auch die schadhafte Balkendecke, für deren Renovierung derzeit kein Geld da war, lenkte seine Aufmerksamkeit nach oben: Ob die wohl mal über uns zusammenbricht?

Nach Beendigung des Gottesdienstes spazierte die kleine Familie gern einmal um den Markt. Vorbei an den kleinen Häusern mit schmalen Vorgärten, die oft säuberlich von einer Hecke umrahmt waren.

Ein beliebter Spazierweg von etwa einem Kilometer, da blieb immer genügend Zeit für einen Klönschnack mit Bekannten.

Das einzig Störende waren die Dunghaufen, die oft zum Markt hin, an den Vorderseiten der Häuser gelegen waren.

Manchmal weiteten Ohloffs den Spaziergang auch über den Schuhmacherort hinaus, oder sie spazierten über Kleinheide, wo es mit den gepflegten Bürgerhäusern und den Häusern der Handwerker, Grützmüller, und Käsehändlern so anheimelnd aussah.

Der Spazierweg führte sie dann am Scheibenwall entlang, einer großen Sandkuhle mit dem so genannten Schoolpool, einem Wasserrückhaltebecken. Anschließend ging es linker Hand am Armenhaus vorbei.

Manchmal sah er ein paar zerlumpt gekleidete Kinder vor dem Gebäude spielen, und seine Mutter erzählte ihm, dass die Armen morgens und abends Gerstengrütze mit trockenem Brot zu essen bekamen und mittags abwechselnd Buchweizengrütze mit Kartoffeln oder Erbsensuppe mit etwas Speck.

Auf dem Nachhauseweg grübelte er dann. Warum legte der liebe Gott Ihnen nicht auch mal ein Stück Fleisch auf den Teller?

Manchmal ritt der Landvogt mit seinem Schimmel an ihnen vorüber. Alles sprang zur Seite, wenn das Pferdegetrappel zu hören war, denn der hohe Herr hatte Vorrang und genoss dies. Man grüßte ehrfurchtsvoll und der Landvogt erwiderte freundlich manchen Gruß.

„Vater, wenn ich groß bin, möchte ich wohl auch so ein Pferd haben."

„Ja, mein Jung, das ist nichts für unsereins. Was wir bräuchten, wäre ein ordentliches Arbeitspferd, damit wir unseren Torf selbst aus dem Moor holen können."

Warum durfte ein Besenbinder nicht auch so ein edles Pferd besitzen wie ein Landvogt? Er wollte sich eins anschaffen.

Als Peter-Johannes sechs Jahre alt war, wurde alles anders. Der Sommer war zu trocken. Es begann damit, dass sich überall im Ort Gestank ausbreitete. Er drang aus den Dungstätten und Aborten, die direkt neben den Häusern zur Straßenseite hin angelegt worden waren. Kein Regen spülte den Unrat fort, den die Leute vor ihre Tür kehrten.

Die den Markt umgebenen Gräben waren von einer grünen Schlammschicht bedeckt. Und dann fingen das Gerede und die Streitereien um die Pumpen an.

Neunundsechzig Wasserpumpen gab es in Heide, die bestimmten Straßenzügen zugeordnet waren. Einige lieferten ganz gutes Wasser, andere verschlammten oder drohten gänzlich trocken zu fallen. Aber es war streng verboten sich anderswo zu bedienen. Die Wasserpumpe, die zu ihrem Straßenbereich gehörte, lieferte nur noch brackiges Oberwasser. Da und dort in den Häusern gab es Kranke und bald zählte man schon vier Tote in der unmittelbaren Nachbarschaft.

Irgendwann traf es auch seinen Vater. Typhus. Peter-Johannes streichelte stundenlang dessen fieberheiße Hand und bettelte, er möge wieder aufstehen. Aber der Vater schaffte es nicht.

Die Nachbarn kamen, kleideten unter Beileidsbekundungen den Toten, wie es die Tradition vorsah und legten ihn in den Sarg. Der war vom Tischler Haders aus Holzplanken zurechtgezimmert worden.

Der Halbwaise sah diesen sehr ruhigen Handlungen mit verweinten Augen zu. Ihm tat seine Mutter so leid. Die schluchzte nur leise vor sich hin. Immer wieder umarmten sie sich. So versuchten sie sich gegenseitig zu trösten.

Der Sarg des Vaters wurde noch am gleichen Tag von Nachbarn bei sengender Hitze durch die staubigen Straßen zum Friedhof getragen. Der war mit einer niedrigen Mauer eingefasst und lag direkt neben der Kirche auf dem Markt. Weil auf dem kleinen Kirchhof nicht genügend Platz vorhanden war, wurden die Särge übereinander gestapelt. Auch wurden die Kuhlen oft nicht tief genug ausgehoben. Eingefallene Gräber und herumliegende Knochenteile vervollständigten dieses schaurige Bild.

Oft war deshalb vorgeschlagen worden, den Friedhof zu verlegen, aber die Kirchenspieldeputierten waren der Meinung, dass die Ausdünstungen für die Menschen nicht schädlich seien, der Wind würde schon alles forttragen. Sie wollten wohl die anstehenden Kosten sparen.

Auch der Sarg seines Vaters wurde auf den Sarg des Großvaters vorsichtig ins Grab gesenkt.

Die Trauergemeinde begab sich nach der Beerdigung in die Kirche, wo der Pastor vom Altar aus eine kurze Rede hielt.

Anschließend erhielt er von Dorothea die zwei Mark, die ihm für die Beerdigung vierter Klasse zustanden.

Für die Schulknaben, die die Sterbelieder gesungen hatten, warf der Priester einige Münzen auf den Boden, woraufhin zwischen ihnen die übliche Keilerei entbrannte. Nur die Kräftigsten erhaschten eine Münze.

Ein paar tröstende Worte für Mutter und Sohn gab es gratis dazu.

Peter-Johannes bekam mit, dass der Pastor Geld für die vierte Klasse erhalten hatte und fragte: „Mutter, warum wird Vater vierter Klasse beerdigt? Was bedeutet das?"

Aus ihrer tiefen Trauer gerissen, aber froh, dass ihr Sohn zu seiner alten Neugier zurückfand, erklärte sie geduldig: „Die erste Klasse ist für die Reichen. Also, für die Kaufleute, Kirchenvorsteher, Landvögte und höhere Beamte. Unsere beiden Prediger holen die Leiche dann zu Hause ab, die Glocken werden geläutet und einer der Pastoren spricht in der Kirche das Gebet, der andere am Sarg. Diese Klasse kostet zwei Reichstaler. Die zweite Klasse ist für die Kleinhändler, die Handwerksmeister und deren Ehefrauen. Dabei wird die Leiche zwar nicht vom Sterbehaus abgeholt, aber die beiden Prediger halten ihre jeweiligen Reden und bekommen jeder einen Reichstaler. Zur dritten Klasse gehören alle wohlhabenden Bürger, die nicht zu den ersten oder zweiten gehören. Dieser Gruppe steht es frei, ihre Toten zur Abendzeit mit einer Einsegnung, oder am Tag mit einer Rede von der Kanzel beerdigen zu lassen. Diese Beerdigung kostet einen Reichstaler. Kannst du dir das alles merken, Peter-Johannes?", fragte sie ihn und er nickte eifrig.

Sie fuhr fort: „Die vierte Klasse ist nun die für Vater und später, so Gott will, auch für mich. Zur vierten Klasse gehören also diejenigen, die eigene Häuser und ein ehrliches Einkommen haben. Wie es vor sich geht, hast du ja gerade erlebt. Diese Klasse kostet zwei Mark. Aber es gibt auch noch eine fünfte Klasse. Die gilt für die Tagelöhner und alle, die unvermögend sind. Dieser Gruppe steht es frei, ob sie ihre Toten mittags mit einer kurzen Rede auf dem Kirchhof, oder abends, ohne Rede begraben lassen. Der Pastor erhält dafür eine Mark.", endete sie.

Peter-Johannes grübelte ein wenig, dann flüsterte er seiner Mutter zu: „Ich möchte wohl später einmal erster Klasse beerdigt werden."

„Ja, mein Sohn, so Gott will, soll es so geschehen."

*

Glücklicherweise fand Dorothea bald eine Anstellung als Dienstmagd bei dem reichen Bauern Nielsen in der Westerstraße. Wie hätte sie Peter-Johannes sonst durchbringen sollen!

Der Junge war nun tagsüber auf sich allein gestellt, denn die Mutter kam immer erst kurz nach dem achten Glockenschlag müde nach Hause. Ab und zu steckte die Bäuerin Dorothea ein kleines Stückchen Fleisch oder einige Kartoffeln extra zu. Das ergänzte dann das armselige Essen, das oft genug nur aus Gerstengrütze und Brot bestand. Er langweilte sich oft und war froh, als er zur Schule kam.

Ganz stolz war er, als sie ihm eine Schiefertafel gekauft hatte, auf der er Schreiben lernen sollte.

Ein kurzer Weg führte ihn in die Westerstraße, wo gerade ein neues Schulgebäude neben dem Grundstück vom Gerber Stammer erbaut worden war.

Der Unterricht begann im Sommer um sechs Uhr und dauerte drei Stunden. Nachmittags ging er von zwölf bis sechzehn Uhr. Die erste Nachmittagsstunde war immer dem Gesang mit dem Konrektor gewidmet. Zuhause sang seine Mutter ihm mit ihrer hellen Stimme häufig die Lieder vor, sodass Peter-Johannes ein guter Sänger wurde, auch wenn er diesen Unterricht nicht so schätzte. Es ging ihm zu langsam voran. Die Meisten konnten keinen Ton halten und auch die Texte vergaßen sie immer wieder.

„Ihr sollt nicht brüllen, wie die Kühe im Stall", sagte der Konrektor immer wieder. Er war dem Pfarrer verantwortlich, dass die Beerdigungsgesänge der Schüler der Würde des Anlasses gerecht wurden.

Im Winter begann der Unterricht eine Stunde später. Bei Eintritt in die Schule mussten drei Schillinge bezahlt werden. Jeden Sommer kam ein Schilling dazu, im Winter anderthalb Schillinge.

Im Winter mussten die Kinder noch ihre eigenen Kerzen mitbringen. Manchmal saßen sie auch zu zweit bei einer Kerze, um am teuren Wachs zu sparen.

Bevor Peter-Johannes das erste Mal in der Kirche zur Beerdigung mitsang, ermahnte der Lehrer die Klasse: „Wenn für die Leichen die Predigt gehalten wird, habt ihr still in der Kirche zu bleiben und zuzuhören, damit ihr die Sterbekunst lernt! Habt ihr das begriffen?"

Er sah seine Schulkinder nacheinander ernst an. „Jedem, den ich ertappe, dass er aus der Kirche läuft oder sich in den Gängen rumtreibt, erteile ich fünf Hiebe." Dabei ließ er den Rohrstock in seinen Händen auf- und abwippen. „Haben wir uns verstanden?" Ein mehrfaches Ja-Herr-Lehrer kam als Antwort. „Und noch eins", sprach er mit fester Stimme. „Derjenige von euch, der sich beim Singen mehr Mühe gibt als andere, bekommt das Geld. Es wird auf Anordnung des Herrn Landvogtes kein Geld mehr in die Gänge geworfen. Also, ernsthaft und andächtig gesungen!"

Und Peter-Johannes gab sich große Mühe. So konnte er doch zu Hause seinen kleinen Schilling vorlegen. Dorothea nahm ihren Sohn beglückt in den Arm. Was für ein gutes Kind hatte sie doch.

Mit dem Herrn Konrektor, Schreibmeister Kose, kam er anfangs ganz gut zurecht. Erst später machte er Bekanntschaft mit dessen Rohrstock.

Acht Schläge quer über beide Handflächen bekam er verabreicht, weil er nicht sauber genug geschrieben hatte. Dann fragte der Lehrer auch noch: „Hast du genug?" Und er antwortete mit gequälter Stimme:„Ja, Herr Lehrer Kose." Hätte er mit einem Nein geantwortet, wie er es von den älteren Jungen gehört hatte, hätte es noch einmal so viele Schläge gegeben. So mutig war er noch nicht. Der Mädchen wegen, mit denen sie bis zum neunten Lebensjahr gemeinsam unterrichtet wurden, war es ihm peinlich zu weinen. Zumal eines der Mädchen immer gehässig grinste, wenn der Lehrer Stockhiebe austeilte. Das war Hedwig, die Tochter vom Kornmüller Lorenz.

Von allen ungeliebt, versuchte sie dennoch, sich immer wieder - vor allem bei den Lehrern - einzuschmeicheln. Sie war es auch, die die Tintenfässer, die auf den Schulbänken standen, herunter warf. Sie war es, die die Tinte mit Wasser verdünnte. Die Schuld dafür wälzte sie regelmäßig auf andere ab. Das Schlimmste jedoch war, dass die Lehrer sie nie in Verdacht hatten, weil sie so unschuldig tat und den Lehrern gegenüber beständig freundlich war. Peter-Johannes mochte Hedwig ganz und gar nicht.

*

1825, als Peter-Johannes elf Jahre alt war, wurde der Friedhof unter großer Anteilnahme der Bevölkerung doch noch umgelegt.

Die Einwohner erfuhren, dass ein reicher Heider Bürger, Friedrich Wilhelm Peters, der Kirchengemeinde ein Stück Brachland, außerhalb des Ortes geschenkt hatte. Weil viele Bewohner sich aber über den weiten Weg zu dem moorigen Landstück beklagten, tauschte der Landvogt seine an der Heistedter Weg gelegene Weide dagegen ein. Diese lag auch viel näher am Ortskern und war erheblich trockener.

Wer Verstorbene auf dem alten Friedhof an der Kirche hatte, bekam ein kostenfreies Anrecht auf einen Grabplatz auf dem neuen Friedhof. Die Gebeine der Verstorbenen sollten ausgegraben und umgesetzt werden.

Peter-Johannes und Marten kamen mit einigen Mitschüler nach dem Schulunterricht gerade darauf zu, wie einige Gräber ausgehoben wurden. Die Knochenteile lugten aus den Särgen oder lagen auf den Wegen verstreut.

„Mensch guck mal, Peter-Johannes, jetzt haben sie das Grab von deinem Vater zu fassen. Uh, wenn da mal nicht gleich was raus fällt!", meinte einer der Jungen belustigt. Ihm wurde bei der Vorstellung daran übel und er verabschiedete sich hastig. Marten rannte hinter ihm her, legte kumpelhaft seinen Arm um Peter-Johannes. „Denk dir doch nichts dabei. Er hat es bestimmt nicht böse gemeint. Komm doch mit zu uns. Meine Mutter wollte heute Erbsensuppe kochen, da kannst du gut mitessen, weil sie die immer für mehrere Tage im Voraus kocht."

So gingen die Schuljahre dahin und Peter-Johannes wuchs zu einem kräftigen, schlanken Jungen heran. Bald war die Konfirmation, er würde aus der Schule entlassen werden und müsste sich nach einem Lehrherrn umsehen.

Und dann kam dieser denkwürdige Sonnabend.

Denkwürdig für die Heider, nicht minder denkwürdig für Peter-Johannes. Jedes Detail dieses Tages würde er für immer im Gedächtnis behalten. Nie würde er vergessen, wie ihn morgens die Kirchturmglocke weckte und er die Schläge zählte. Acht mal hatte es geläutet: So spät war es schon. Er hörte die Vögel in der milden Herbstluft ihre Lieder trällern. Schnell sprang er aus der Schlafkoje, schlug, wie seine Mutter es ihm beigebracht hatte, die Federdecke zum Auslüften zurück und ging zur Waschschüssel, die sie ihm schon früh gefüllt hatte. Oberflächlich wusch er sich das Gesicht, die Ohren, den Hals und stieg in seine Hose. Wollene Socken und die abgelaufenen Holzschuhe folgten. Geschwind zog er sich ein sauberes Hemd und die Jacke über und griff zum Tonkrug, um sich einen Becher Milch einzugießen, den er mit Genuss trank. Bevor er jedoch zum Markt ging, um Käse einzukaufen, fütterte er die Tiere im Hof. Dann marschierte er voller Freude Richtung Wochenmarkt.

Was es hier alles zu sehen und zu kaufen gab!

Da war zunächst einmal das Vieh: Pferde, Kühe und kräftige Bullen waren an den Häusern rings um den Markt an eisernen Ringen oder an zwischen den Steinen hängenden Ketten befestigt und wurden zum Verkauf angeboten. Peter-Johannes streichelte die Pferde gern, klopfte ihnen den Hals und träumte davon, selbst einmal eines zu besitzen um damit über die Felder zu galoppieren oder gemächlich, wie der Landvogt, erhobenen Hauptes durch den Ort zu schreiten.

Schafe, Federvieh und Schweine wurden auf dem Markt angeboten. In einem großen Weidenkorb standen einige quiekende Ferkel. Er blieb stehen, um dem Schweinehändler, der ein kleines rosiges Ferkel auf dem Arm hielt, und einem Käufer beim Feilschen um den Preis zuzuhören. Das schien sich hinzuziehen. Bei jedem neuen Gebot schlugen die beiden Männer die Hände gegeneinander. Doch endlich waren sie sich einig. „Schlag ein!", hieß es und sie besiegelten das Geschäft mit einem Handschlag.

In großer Zahl waren mit Korn beladene Wagen angefahren. Die Händler verkauften das Getreide vom Wagen herunter und die Käufer tauschten es danach meistens bei den Bäckern gegen Brot ein.

Auch Torf, Holz, Stroh und Heu wurden angeboten. Fische, die sogar von Fischern aus Helgoland angepriesen wurden, lagen zum Kauf aus. Zwanzig, je nach Jahreszeit sogar dreißig Stände der Schlachter waren an der Westseite aufgebaut. Aber auch Kuchen, Eier und Käse wurden präsentiert. Selbst Käsehändler aus der Wilstermarsch waren zahlreich da. Peter-Johannes ließ sich mit seinem Käseeinkauf aber noch Zeit. Er wollte sich erst einen Überblick verschaffen.

Interessant war der Planwagen von Male Semp, weil die Menschen Schlange standen, um den von ihr selbstgemachten Senf zu kaufen. Er kannte Male, denn sie war eine gute Bekannte seiner Mutter. Sie wohnte in einer kleinen Kate in der Mühlenstraße, wo sie nach eigener Rezeptur mit ihrer Handmühle die Grundlage für ihr beliebtes Produkt herstellte. Leute aus der gesamten Umgebung kamen extra zum Wochenmarkt, um bei ihr zu kaufen, wenn sie mit ihrem Planwagen mal länger nicht über die Dörfer gezogen war.

„Junge", rief sie ihn an, als er sie grüßte, „was bist du groß geworden. Kommst ja ganz nach deinem Vater! Einen schönen Gruß an Mutter und sie soll mal wieder auf einen Schwatz vorbeikommen."

„Danke, Frau Semp, ich richte den Gruß gern aus", gab Peter-Johannes zurück und huschte weiter zu den mit Leinen bespannten Holzbuden. Hier gab es Tuch- und Kurzwaren, aber auch Holzspielzeug.

Die geschnitzten Tiere schaute er bewundernd an. Ein Pferd hatte es ihm besonders angetan und er musterte es schon eine ganze Weile. Er fühlte sich fast zu groß, um so ein Spielzeug anzufassen, aber dieses Tier hätte er gerne in die Hand genommen, um mit dem Finger die fein gearbeitete Mähne entlang zu fahren.

Misstrauisch beäugte ihn der Händler schon eine ganze Weile, denn es wurde häufig gestohlen, besonders in letzter Zeit. Dann bemerkte er aber, dass der Junge bloß ganz vernarrt in das Holzpferd war. „Wenn du saubere Hände hast, kannst das Pferd gern mal nehmen."

Behutsam und ein wenig schüchtern nahm der die schöne Holzarbeit in die Hand, drehte und wendete das Pferd, kontrollierte, ob auch fein sauber alle Kanten geschliffen waren und stellte es an seinen vorherigen Platz zurück.

Ihm kam ein Gedanke: Vielleicht sollte er Holzspielzeugmacher werden. Er könnte ja noch mal bei Meister Haarländer in der Weddingstedter Straße anfragen, ob der einen fleißigen Lehrjungen brauchte. Sein Sohn Christian war ja gerade mit der Gesellenzeit fertig und einen anderen hatte der Meister wohl noch nicht eingestellt.

Mit diesem neuen Gedanken - oder Traum? - spazierte er weiter über den Markt, vorbei an den Ständen der Goldschmiede, der Schuster und Reepschläger, den Bürstenmachern, Schaufelherstellern, Torfstechern und den Obst- und Gemüsehändlern. Zum Teil wurden Waren auch auf dem Boden liegend angeboten. Diese Art des Verkaufens kostete nur die Hälfte der sonst üblichen Marktgebühren. Viele Töpfer und Holzwerkmacher mit ihren nicht zu großen Erzeugnissen nahmen dieses Angebot bevorzugt an.

Und dann geschah es.

Harmlos stand er an einem Obststand, als er plötzlich ange-sprochen wurde.

„Einen guten Tag wünsche ich dir, Peter-Johannes", kam es ausgerechnet von Hedwig, die er seit seinem Wechsel in die Knabenschule im neunten Lebensjahr nicht mehr gesehen hat-te. Verblüfft sah er sie an.

„Na, wirst ja demnächst konfirmiert, hast schon einen Lehrher-ren?", fragte sie und fügte gehässig hinzu: "Oder wirst du doch bloß Tagelöhner?"

„Hedwig, lass mich einfach in Ruhe. Ich möchte nicht mit dir reden", gab er zur Antwort und wollte einfach weitergehen, als sie laut rief: „Er hat geklaut! Peter-Johannes Ohloff hat zwei Äpfel gestohlen, ich habe es genau beobachtet!"

Ihm fiel vor Schreck die Kinnlade herunter. Bevor er noch et-was erwidern konnte, hatten ihn zwei Männer gepackt, zerrten ihn an den Armen mit sich und schimpften laut: „Zum Stock-meister mit ihm!"

Der Junge wehrte sich verzweifelt, denn was der Stockmeister bedeutete, war ihm klar.

„Ich habe nichts gestohlen, ich habe nichts getan, bitte, ihr Her-ren, lasst mich los", rief er verzweifelt. Aber es nützte nichts.

„Dieb, du gemeiner!", schimpfte der eine, „Lump!", der ande-re. Und sie zerrten ihn in Richtung Stockhaus, das neben dem Gefängnis in der Österstraße lag.

Trotz des geschäftigen Treibens ringsherum erregte das Auf-merksamkeit. „Vielleicht hat der Junge ja wirklich nichts!", rief jemand. Über seinem Kopf dröhnte die Stimme des Häschers zurück: „Solch ein Gesindel wohl auch noch verteidigen? Du bist wohl selber ein Gauner, was?"

„Sich an Kindern vergreifen, das können sie, aber die wirklichen Diebe kriegen sie nicht", schallte es aus einer anderen Richtung. Dem wurde geantwortet: „Dazu sind die doch sowieso zu feige." „Vielleicht hat er nur Hunger, wenn deiner Hunger hätte, würdest du ihn dann auch zum Stockmeister schleppen?" „Aber da könnte ja jeder kommen", gab jemand anders zu bedenken, doch das ging schon fast im allgemeinen Tumult unter. Jeder hatte eine Meinung und wollte sie kundtun. „Die Kleinen schlägt man und die Großen lässt man laufen", hörte Peter-Johannes noch. Seine beiden Häscher beeilten sich nun, ihn aus dem Zentrum des Geschehens fortzubekommen.

Schimpfend gaben sie ihn beim Stockmeister ab. „Jetzt nehmen die schon die Diebe in Schutz, Zeiten sind das!", und schilderten aus ihrer Sicht, was vorgefallen war.

Peter-Johannes beteuerte seine Unschuld, aber wer glaubt schon einem dahergelaufenen Jungen gegen das Zeugnis zweier ehrenwerter Männer! Eine gehörige Tracht Hiebe mit dem Stock wurde ihm umgehend verabreicht. Das war es, was allen widerfuhr, die an diesen Ort eingeliefert wurden. Sowohl bei der Ankunft, als auch bei der Verabschiedung. Er schrie verzweifelt. Nach dieser Misshandlung war er kaum in der Lage, nach Hause zu gehen. Der entrüstete Stockmeister hatte sich Mühe gegeben.

Sein Vorfall wurde inzwischen überall diskutiert. Jedem waren die Diebstähle der letzten Zeit unheimlich, denn jeder wusste inzwischen von irgendeinem Nachbarn zu berichten, dem etwas abhanden gekommen war. Mal gewannen die Rufe nach hartem Durchgreifen die Oberhand, mal diejenigen, die wegen der herrschenden Not – zumindest bei Kindern – Milde gelten lassen wollten. Schließlich kam man überein, dass die Strafe unrecht gewesen wäre, weil der Diebstahl schließlich nicht erwiesen sei.

Peter-Johannes bekam von alledem nichts mit und schleppte sich derweil durch die Seitenstraßen nach Hause. Er schämte sich und traute sich deswegen nicht noch einmal über den Markt.

Einige Marktbesucher die von dem Vorfall gehört hatten, sahen ihn dabei und verkündeten dies wie eine Sensation auf dem Markt. Bald schwirrten die unglaublichsten Gerüchte herum. Es hieß, der Junge sei schwer misshandelt worden und eine Blutspur würde sich vom Stockhaus an durch die Straßen ziehen. Kurz darauf wurde schon behauptet, der Junge sei halb tot geprügelt worden und liege im Sterben.

Dem Stockmeister - aufgrund seines Amtes bei der Heider Bevölkerung nicht sonderlich angesehen – sollten wegen der unsäglichen Misshandlung am Abend die Fenster eingeworfen werden. Gegen zwanzig Uhr trafen sich einige Männer und Frauen auf dem Markt und unter Anführung eines halbstarken Schlossergesellen zog man zu seinem Haus in der Peststraße.

Einige Frauen rissen unterwegs Pflastersteine heraus und gaben sie den Männern, die ein Bombardement gegen die Fenster des verwunderten Stockmeisters eröffneten. Als an der Front des Hauses alle Scheiben eingeworfen waren, setzte man das Zerstörungswerk an der Rückseite, wohin man von Schustermeister Lehmanns Hof gelangte, fort.

Auf dem Hof des Schusters lagen allerlei Geräte, die vorzügliche Wurfgeschosse abgaben.

Man begnügte sich inzwischen nicht mehr damit, die Fensterscheiben einzuschlagen, sondern stieß mit langen Stangen, die man dort fand, auch die Fensterkreuze und Rahmen ein. Einige brachen sogar die Tür auf und warfen alles, was nicht niet- und nagelfest war, auf die Straße. Selbst aufs Dach stiegen zwei wütende Männer und warfen die Ziegel herunter.

Im Haus wurde ein Fass Bier gefunden und von der aufgebrachten Menge getrunken.

Ängstlich erschien nun der Stockmeister, der sich im angrenzenden Stall verkrochen hatte, an einem der zerstörten Fenster und tat feierliche Abbitte wegen seiner Untat.

„Ich habe schließlich nur getan, was mir von Rechtswegen aufgetragen war, und habe darauf geachtet, dass der Junge nicht mehr Prügel erhielt, als er vertragen konnte. Er hat nicht geblutet, ihr guten Leute, und ich bedaure, wenn ich ihn vielleicht ein bisschen zu hart behandelt habe. Ich verspreche euch, demnächst noch behutsamer zu sein."

Die aufgebrachte Menge war mit der Entschuldigung des Elenden und dem Denkzettel, den sie ihm ausgeteilt hatten, vorerst zufrieden und zog - ein Lied singend - zurück zum Markt.

„Das war ein schönes Heider Fensterbier!", rief der Schlossergeselle den anderen zu. Alles lachte. Seit dieser Zeit reichte es, den Heidern ein Fensterbier anzudrohen, wenn sich jemand in öffentlichen oder privaten Sachen unbeliebt gemacht hatte.

Das ursprüngliche Fensterbier in Dithmarschen war eine Festlichkeit, die veranstaltet wurde, wenn jemand ein Haus neu gebaut hatte. Wenn zur Besichtigung dann Freunde und Nachbarn eingeladen wurden, überreichte man dem Bauherrn eine Fensterscheibe mit dem entsprechenden Familienwappen und den Namen der Stifter. Der Bauherr stiftete dann nach alter Tradition jede Menge Bier.

Von all dem nächtlichen Trubel bekamen Peter-Johannes und seine Mutter nichts mit.

Als sie an diesem Abend nach Hause kam, fiel er ihr gleich weinend in die Arme.

„Mutter, ich wurde heute ins Stockhaus gebracht, aber ich bin unschuldig", schluchzte er. „Hedwig hat behauptet, ich hätte Äpfel gestohlen, aber ich habe nichts genommen. Niemals würde ich dir diese Schande antun. Oh, Mutter, bitte glaube mir." Liebevoll nahm sie ihn in ihre Arme und streichelte über seine Wangen. „Komm, erzähle mir noch einmal alles von vorne und dann überlegen wir, was wir unternehmen können." Und so berichtete er noch einmal ganz ausführlich, was vorgefallen war.

„Und gerade hatte ich mir überlegt, Mutter, ob ich nicht Holzspielzeugmacher bei Meister Haarländer werden könnte. Aber jetzt, nach der Schande, nimmt mich doch wohl kein Meister mehr auf?", fragte er ängstlich.

„Natürlich glaube ich dir, dass du nichts Unrechtes getan hast, mein Junge. Und in den nächsten Tagen gehe ich gemeinsam mit dir zum Meister und werde mit ihm reden", beruhigte sie ihren Sohn. „Aber jetzt lass uns schlafen gehen, und morgen sieht die Welt schon besser aus."

Am nächsten Morgen, als er sich verschämt auf den Weg zur Schule machte, hörte Peter-Johannes von den Gewalttaten, die seinetwegen am Vorabend geschehen waren. Zweihundertvierzig Taler Schaden seien entstanden, wurde ihm von Mitschülern berichtet. Das war drei mal soviel, wie seine Mutter im ganzen Jahr verdiente.

Die Mitschüler waren natürlich neugierig und wollten alles ganz genau wissen. Immer wieder hörte er: „Diese falsche Ziege, der müsste man das Handwerk legen", oder „Nee, Peter-Johannes, das glaub ich nicht, dass du das gemacht hast. Räch` dich man an ihr!"

Auch sein bester Freund Marten schlug vor, Rache an Hedwig zu nehmen. „Wir treffen uns nach der Schule am Schwanenteich. Da ist es ruhig, und wir können uns überlegen, wie wir die blöde Kuh auch kräftig reinlegen."

„Ist gut, Marten. Mir tut alles weh, guck dir bloß mal meine blauen Flecken an. Den Stockmeister möchte ich nie wieder sehen." Und Marten bewunderte, wie Peter-Johannes nicht ohne Stolz wahrnahm, die vielen Blutergüsse gebührend.

Nach dem Schulunterricht marschierten die beiden zum Schwanenteich, der hinter der Landvogtei lag. Dieser Teich diente den Lohgerbern des Ortes auch zum Reinigen ihrer Lederwaren, wurde von ihnen aber nicht täglich benutzt. Heute war alles ruhig, keine Lederteile wurden ausgewaschen, weshalb heute auch kein unangenehmer Geruch in der Luft lag. Sie legten sich bäuchlings ins Gras, zupften Halme aus, um darauf herumzukauen und schauten den Schwänen auf dem Teich bei deren Futtersuche zu.

„Hast schon `ne Idee, Marten?", fragte Peter-Johannes.

„Nee, noch nicht so richtig. Aber das muss was Gutes werden. So richtig was, dass sie Ärger bekommt. Kommen Mädchen eigentlich auch ins Stockhaus?"

„Das weiß ich nicht, aber das wäre mir auch ein bisschen zu heftig. Man kann Mädchen doch nicht so verhauen. Nee, Marten, dass ist zu stark. Aber merken soll sie schon, was sie mir angetan hat. Und die Schande muss sie auch wieder gutmachen."

Sie überlegten, drehten sich mal auf den Rücken, dann wieder auf den Bauch, setzten sich auch mal auf, um in den Teich zu spucken und sinnierten so vor sich hin, als Marten plötzlich hochschoss.

„Ich hab`s", rief er begeistert, „weißt was, Peter-Johannes, die kriegen wir ganz groß ran."

„Wie denn, Marten? Sag schon!"

„Pass auf. Heute Abend gehen wir zu Bremers Koppel am Grünen Weg. Da hat er ein paar Pferde. Die Koppel ist schön eingewachsen. Da steht soviel Gebüsch, dass uns keiner so schnell sieht. Dann schneiden wir einen Pferdeschweif ab und legen ihn Hedwig, wenn sie am Sonnabend zu Markt geht, heimlich in ihren Korb. Und ich ruf dann ganz laut: Sie hat grad einem Pferd den Schweif abgeschnitten! Das wird ein Spaß. Und dann wollen wir mal sehen was passiert."

„Ist das nicht ein bisschen zu viel? Auf so etwas stehen doch Stockhaus und fünf Tage bei Wasser und Brot", meinte Peter-Johannes verunsichert.

„Nee, das ist schon richtig so. Mal sehn, ob ein Mädchen auch ins Stockhaus kommt. Verdient hat sie das", feixte Marten.

Sie verabredeten sich für halb neun am Abend, weil es dann noch hell genug war. Marten wollte ein Messer mitbringen. „Wir müssen uns dann beeilen", meinte er, „weil Nachtwächter Ehlers um zehn in der Süderstraße bei Branddirektor Dethleffs die Stunde ausruft. Wenn er uns auf dem Heimweg ergreift, macht er gleich Meldung."

Beide trafen sich wie vereinbart an der Ecke der Gastwurth und marschierten Richtung Grüner Weg.

Leichter Regen hatte eingesetzt und das Wasser auf den Feldwegen schwappte in die kaputten Schuhe von Peter-Johannes. Seine Hosenbeine blieben unten herum nur trocken, weil sie zu kurz waren. Er war zu schnell gewachsen im letzten Jahr. Die Mutter hatte kein Geld, um Stoff für eine neue Hose zu kaufen. Seine Jacke hatte er zugeknöpft und mit mulmigem Gefühl trottete er neben Marten her, der im Gegensatz zu ihm ganz aufgeregt war. „Guck mal, ich habe noch eine Wurzel mit, damit lockst du die Pferde an, ich geh um sie herum und - schwupp - schneide ich 'nen Schweif ab. Sollst mal sehen, das geht ganz schnell."

Peter-Johannes war von der Idee immer weniger überzeugt, aber das mochte er seinem Freund nicht eingestehen. Sie kamen an der wirklich dicht eingewachsenen Koppel, auf der drei Pferde standen, an. Diese hoben die Köpfe neugierig und setzten sich in Richtung Gatter in Bewegung. Die Jungen schauten sich um, aber sahen niemand.

„Alles klar", flüsterte Marten. „Guck, die kommen schon von allein. Nun halt mal die Wurzel hin. Mensch, stell dich nicht so an. Halt endlich die Wurzel hin, damit ich übers Gatter klettern kann!" Peter-Johannes tat, wie ihm befohlen wurde. Die Pferde kamen ans Gatter und die Jungen sahen, dass nur noch eines einen intakten Schweif hatte. Bei den beiden anderen waren die Schweife abgeschnitten.

„Hey, Marten, da war wohl schon mal einer hier. Da fehlt ja schon fast alles", flüsterte Peter-Johannes.

„Gibt ja auch gutes Geld für Pferdehaar", antwortete Marten. „Die Bürstenmacher bezahlen ganz gut und brauchen können sie mehr, als sie kriegen können. So, ich hüpf rüber." Er setzte mit einem Sprung übers Gatter. Ratz fatz, der Pferdeschweif war abgeschnitten. Marten hielt ihn stolz in der Hand. Gerade wollte er zurück auf den Weg kommen, mit einem Bein war er schon auf dem Gatter, als es plötzlich eine Donnerstimme aus dem Gebüsch schallte: „Ihr elenden Diebe, hab ich euch endlich erwischt!"

Eine Hand hatte schon Peter-Johannes im Nacken zu fassen, die andere ergriff Marten. Das Herz fiel den beiden in die Hose. Bauer Bremer war ein großer, grobschlächtiger Mann, der mit seinem wilden Vollbart zum Fürchten aussah. Was er in den Händen hielt, war wie in Schraubstöcke gezwängt. Da war ein Losreißen unmöglich. Die zappelnden und schreienden Jungen an den Händen haltend schimpfte der Bauer: „Ihr verfluchten Bengel, ihr Diebe, jetzt geht es zum Stockhaus und dann mach ich Meldung beim Landvogt. Und bei euren Eltern!"

„Bitte, Herr Bremer, das ist ein Missverständnis, lassen Sie uns runter. Bitte lassen Sie uns das doch erklären", jammerte Mar-

30

ten schluchzend. Peter-Johannes war inzwischen völlig still geworden. Das Stockhaus hatte er nun gerade erst kennengelernt. Er war kreideweiß geworden, die Knie schlotterten vor Angst. „Herr Bremer, bitte, das war doch nur wegen Hedwig. Wir wollten doch nur...", weiter kam er nicht, weil der Bauer ihn brutal hochriss und anschrie: „Dich kenn ich doch, du bist doch Ohloffs Sohn. Wenn dein seliger Vater wüsste, was du Lump hier treibst, müsste er sich im Grab umdrehen. Und deine Mutter? Willst du ihr das Herz brechen, du Nichtsnutz?"

Das saß. Bei dem Gedanken an seine Mutter wimmerte er leise vor sich hin.

Der Bauer schleppte die Jungen im eisernen Griff mit sich durch den Feldweg, zurück auf den Grünen Weg, quer über Kleinheide in Richtung Österweide zum Stockhaus hin. Die Jungen wehrten sich kaum noch, weil sie die Aufmerksamkeit der Anwohner nicht mehr als nötig auf sich ziehen wollten. Da es schon spät war und auch der Regen inzwischen immer heftiger geworden war, saßen die meisten Anwohner in ihren Häusern und nicht, wie sonst üblich, draußen in ihren Vorgärten.

Je näher das Stockhaus kam, desto mehr wuchs die Angst der Jungen. Marten versuchte noch einmal verzweifelt sich loszureißen, aber Bauer Bremer ließ seinen Griff nicht locker. Peter-Johannes ergab sich inzwischen seinem Schicksal. Er wusste, dass es kein Entrinnen aus dieser Klammer gab. Der Regen hatte zugenommen, das Wasser rann über ihre Gesichter und vermischte sich mit den Tränen der beiden. Schon standen sie vor der Tür des Gebäudes.

„Mach auf, Ferdinand", rief Bremer laut. Er kannte den Stockmeister schon von Kindesbeinen an. „Ich hab` hier die Diebe, die meinen Pferden die Schweife abgeschnitten haben. Mach auf, es regnet!"

31

Die Tür öffnete sich umgehend und der Stockmeister sah mit erstauntem Gesicht auf die Knaben herab. „Das gibt es doch nicht! Dich kenn ich doch. Du warst doch gerade erst hier, du Bengel, und hattest angeblich nichts gemacht." Er griff sich den Jungen und ließ mit dem gefürchteten Stock zehn Hiebe auf ihn herabprasseln. „Mein ganzes Haus ist zerstört, weil du angeblich nichts getan hast", rief er dabei wütend. „Dafür erhältst du noch fünf extra!"

Der Junge mochte noch so schreien, der Stockmeister war unerbittlich. Marten drehte und wand sich derweil in dem Klammergriff des Bauern. Er hatte Todesangst bei dem Gedanken, was gleich auf ihn zukommen würde.

„Jetzt du, du nichtsnutziger Bengel. Deine Eltern werden sich freuen, so einen Taugenichts in der Familie zu haben." Er war ganz erschöpft, als er von dem schreienden Marten abließ.

„So, und jetzt ab in die Zelle mit euch!", befahl der Stockmeister. „Fünf Tage bei Wasser und trockenem Brot dürften euch gut tun." Er griff sich die wimmernden Jungen, schleppte sie in eine der drei Zellen und schlug wütend die Gittertür zu.

„Meldung beim Landvogt mache ich", sagte Bauer Bremer „und den armen Eltern gebe ich auch Bescheid." Damit verließ er das Stockhaus.

In der kleinen Zelle befand sich nur eine einfache Holzpritsche, auf der eine dünne, alte Decke lag. Die durchnässten und vor Kälte frierenden Jungen setzten sich vorsichtig darauf, drückten sich gegen die kalte Wand und weinten leise vor sich hin.

„Mein Vater schlägt mich tot, wenn wir hier rauskommen", flüsterte Marten. „Und alles nur wegen dieser falschen Hedwig. Mensch Peter-Johannes, es tut mir so leid, dass es so gekommen ist."

„Meine arme Mutter", wimmerte Peter-Johannes, „sie hat es doch schon schwer genug."

„Jedermann wird uns verachten", meinte Marten.

Nach mehreren Stunden öffnete sich die Zellentür und der Stockmeister reichte zwei Becher mit Wasser und einige Scheiben trockenes Brot herein.

„Na", fragte er, „wie gefällt euch der Aufenthalt hier? Der Landvogt hat eure Strafe auf zwei Tage herabgesetzt, weil ihm eure Eltern leid tun. Aber vorher setzt es noch mal ordentlich was."

Grinsend schloss er die Tür. Sie nahmen wimmern ihre kärgliche Kost zu sich. Langsam wurde es still.

Plötzlich fiel Peter-Johannes etwas auf. „Du Marten, der Bremer hat doch gelogen. Der hat doch behauptet, dass wir alle Schweife abgeschnitten haben. Dabei saß er doch im Gebüsch und hat bestimmt gehört, dass ich zu dir sagte, es war schon jemand vor uns da."

„Stimmt eigentlich, daran hab ich gar nicht gedacht. Dieser gemeine Kerl!" Lamentieren konnte sie lange darüber, ändern konnten sie es nicht.

Sie überstanden die Tage mit dem strengen Stockmeister mehr schlecht als recht. Immer wieder schworen sie ihm Reue und waren sich einig darin, hier nie wieder landen zu wollen.

Dann war die Zeit um.

„Steht auf!" Der Stockmeister kam an die Tür. „Jetzt gibt es noch meinen speziellen Abschiedsgruß und dann will ich euch hier nie wieder sehen." Damit hob er den Stock und zog den schreienden Jungen fünf Hiebe über.

„Verschwindet jetzt! Und denkt dran: Beim nächsten Mal landet ihr im Gefängnis!", rief er ihnen noch nach, als sie nach überstandener Prozedur auf die Straße traten.

33

Die beiden liefen so schnell ihre geschundenen Körper es zuließen Richtung Dohrnstraße. Auch Marten wohnte dort.

Es war später Vormittag und Peter-Johannes vermutete seine Mutter noch bei der Arbeit. Marten war mit einem gemurmelten „Adjüs wir sehen uns morgen, wenn ich das hier gleich überlebe", über den Hof seines Elternhauses zur Hintertür geschlichen.

Auch Peter-Johannes ging durch die Hintertür ins Haus.

„Junge, ach guter Gott, Junge", kam es leise aus der Zimmerecke. Dort saß seine Mutter mit sorgenvollem Gesicht. Er stürzte auf sie zu, weinte ohne es aufhalten zu können. „Mutter, verzeih", bat er mit tränenerstickter Stimme immer wieder. Sie erhob sich schwer, sah ihn ernst an und forderte ihn auf: „Jetzt erzählst du mir gleich ganz genau, was passiert ist."

Er erzählte ganz genau, ließ nichts aus und beschönigte nichts.

„Mutter, was soll jetzt bloß werden?", fragte er besorgt.

„Ich weiß es nicht." Dabei ging sie auf ihn zu und streichelte ihm über die glühenden Wangen. „Die Leute sind so aufgebracht. Aber ihr habt auch Glück gehabt, denn es wurde gestern ein Mann gefasst, der zugegeben hat, die zwei anderen Bremer-Pferde um ihre Schweife gebracht zu haben. Ein schon mehrfach vorbestrafter Dieb aus Lunden sitzt jetzt für zwei Jahre im Gefängnis. Er wurde ergriffen, als er am Galgenberg vom Feld eine Egge stehlen wollte." Mit großen Augen hörte Peter-Johannes zu. Ihm war klar, dass die nächste Zeit nicht nur für ihn ein Spießrutenlaufen durch Heide war. Seine Mutter berichtete, dass sie jetzt nicht mehr durch die Süderstraße zum Bauern ging, sondern durch die wenig belebte Mühlenstraße, weil die Leute sie beschimpften, dass sie wohl nicht in der Lage sei, ihren Sohn zu erziehen, und sie würde noch im Armenhaus landen, wenn das so bliebe.

Derweil bereitete sie eine Hühnersuppe zu.

„Du bist bestimmt ausgehungert. Und nach dem Essen fülle ich dir den Badezuber, du riechst abscheulich. Hol schon mal Wasser aus der Pumpe, damit ich es aufkochen kann."

Nach dem Essen badete er, während seine Mutter in der Wohnstube einige Wäschestücke ausbesserte.

Als er frisch gewaschen zu ihr in die Stube kam, sagte sie: „Und jetzt schnell unter die Federn, ich habe dir einen heißen Stein ins Bett gelegt, damit du warm wirst und schnell schlafen kannst." Sie hielt den Vorhang der Schlafkoje zur Seite, damit er ins Bett klettern konnte.

„Mutter, ich habe dich sehr lieb", murmelte er, bevor er sich umdrehte und sofort einschlief.

Am nächsten Morgen erwachte er früh und sprang mit schmerzverzerrtem Gesicht aus der Schlafkoje. Nach seinem flüchtigen Morgenritual schaute er hinüber zu Marten, um zu erfahren, wie es ihm ergangen war.

„Er hat mir eine kräftige Standpauke gehalten", erzählte dieser, während er noch in der Küche bei der Hafergrütze saß. „Glücklicherweise meinte er, dass ich wohl genug Prügel bekommen hätte. Er hat mir gedroht, mich totzuschlagen, wenn ich noch einmal etwas anstelle."

Peter-Johannes gab ebenfalls Bericht. Dann saßen sie sich schweigend gegenüber. Jeder war mit seinen Gedanken beschäftigt. Zur Schule wollten sie beide nicht gehen, darin waren sie sich sofort einig. „Wozu auch", meinte Marten, „ist ja sowieso bald zu Ende." Auch den Fragen der Mitschüler wollten sie entgehen.

Um diese Fragen kamen sie aber nicht herum, weil säumige Schüler vom Armenvogt zu Hause abgeholt wurden. Beiden Jungen war nicht danach zu Mute, schon nach so kurzer Zeit wieder Bekanntschaft mit der Obrigkeit zu machen. Darum marschierten sie am nächsten Tag doch los.

Und so standen sie sowohl in der Schule, als auch auf dem Heimweg Rede und Antwort. Etwas genossen sie es auch, so im Mittelpunkt des Interesses zu stehen.

Nach zwei Tagen hatte sich die größte Neugierde der Kinder gelegt und schnell waren andere, neuere oder spannende Meldungen wichtiger.

Die letzten Schulwochen vergingen wie im Flug und auch die Konfirmation, die mit einer Prüfung des Hauptpastors in der Kirche vor allen anwesenden Bürgern stattfand, bestand er bravourös. Sein Bibelspruch lautete „Sei getreu bis in den Tot, so will ich dir die Krone des Lebens geben".

Jetzt ging es darum, sich um einen Lehrplatz, eine Arbeitsstelle oder um einen Hilfsarbeiterposten zu bemühen, was der wirtschaftlichen Situation wegen für keinen Schüler einfach war. Oft halfen gute Kontakte zu den Handwerkern, Händlern oder Bauern, um sich einen Lehrplatz zu beschaffen.

Seine Mutter ging mit ihm zu Tischlermeister Haarländer, der in der Weddingsteder Straße seine Tischlerei hatte, um nach einem Lehrplatz zu fragen. Der Meister teilte beiden mit, dass er schon Rainer Trump aus der Norderstraße den Lehrplatz zugesichert habe.

Für Peter-Johannes sah es auch sonst nicht so gut aus. Wenn er was höre, wolle er Bescheid geben. Solche unverbindlichen Zusicherungen waren das Einzige, was er zu hören bekam. Er hatte augenblicklich keinen guten Ruf in Heide.

Er war enttäuscht, half seiner Mutter aber nach wie vor bei der Hof- und Hausarbeit und erledigte die notwendigen Einkäufe für sie.

Marten sah er fast gar nicht mehr, weil der eine Lehrstelle bei Schlachter Wenz im Schumacherort bekommen hatte und dadurch von früh bis spät beschäftigt war. Auch Hedwig sah er nicht wieder, denn sie war, wie Marten erzählt hatte, als Dienstmädchen nach Meldorf gegangen. Er grübelte vor sich hin und wusste nicht, ob er sich selbst, Hedwig oder gleich der ganzen Welt böse sein sollte.

Auf dem Weg zum Einkauf kam er mit Entsetzen einmal darauf zu, wie in der Österstraße einige Knaben voller Freude damit beschäftigt waren, jungen Störchen die Köpfe abzuschlagen. Das Nest hatten sie vom Dach gerissen, die fast flüggen Jungstörche herausgezerrt und mit Messern gequält. So schnell er konnte, rannte er hinzu, kam aber zu spät. Die Vögel waren bereits tot. Wütend griff er sich einen der Jungen und schimpfte dieser grausigen Tierquälerei wegen. Die Jungen lachten nur und meinten, diesen Spaß würden sie sich doch schon seit einigen Jahren machen und bisher hätte sich niemand darüber aufgeregt.

Aufgewühlt ließ Peter-Johannes sie stehen und machte sich fort Richtung Markt.

Dort rief ihn der Tischlermeister Haarländer zur Seite.

Die alte, stadtbekannte Großmutter Haupt aus dem Landweg war krank und suchte einen zuverlässigen Jungen.

Also machte er sich am nächsten Morgen recht früh auf den fünfzehn Minuten langen Fußweg. Die Luft war relativ mild, denn der Frühling hielt Einzug.

Peter-Johannes war hungrig. Das war er jetzt fast immer. Er hatte an Größe zugelegt, war recht dünn, aber kräftig.

Mit knurrendem Magen klopfte er an Oma Haupts Tür. Die kleine zierliche Frau rief ihn herein, erhob sich mühsam von der Ofenbank, auf der sie in eine Decke gehüllt gesessen hatte, und bot ihm einen Becher warme Ziegenmilch an. Er fand es sehr warm bei ihr, wusste aber, dass alte, kranke Menschen leichter frieren. Er trank die Milch gern; Ziegenmilch bekam er zu Hause eher selten. Großmutter Haupt fragte, ob er schon mal Ziegen gemolken habe.

„Nein", antwortete er wahrheitsgetreu. „Aber wenn Sie es mir zeigen, Großmutter Haupt, lerne ich gewiss sehr schnell."

Sie gingen in den Ziegenstall, in dem die kleine weiße Herde unruhig hin und her sprang. Sie hatten schon mehrere Tage im Stall zugebracht und wollten aufs Feld.

Die Alte quälte sich mühsam auf den kleinen Holzhocker, um zu zeigen, wie die Tiere gemolken wurden. Peter-Johannes machte es nach.

Zwar kam zunächst keine Milch, aber er wusste jetzt, wie er es angehen musste und nach einigen Versuchen gelang es.

„Also, mein Junge, die Weide in Rüsdorf kennst du. Jetzt ab mit den Ziegen und achte auf den Bock, der ist eigen und stößt mitunter mit den Hörnern zu. Wenn du gegen fünf zurückkommst, melkst du einmal alle durch, bringst mir den Melkeimer ins Haus und wenn du dich vernünftig angestellt hast, bekommst du eine kleine Kruke Milch mit nach Hause. Bezahlen kann ich dir nur zwei Schillinge am Tag, aber einmal in der Woche sollst du einen würzigen Ziegenkäse mit nach Hause kriegen."

Er war mit dem Angebot mehr als zufrieden, griff den Ziegenbock, band ihm den bereitliegenden kräftigen Strick um den Hals und zog ihn hinter sich her auf die Straße. Da Peter-Johannes die Attacken des Bockes schnell vorauszusehen lernte, bekam er die Hörner nicht zu spüren. Die Ziegen folgten ihrem Leittier und so ging es ganz gut durch die staubige Straße Richtung Rüsdorf.

Der Weg zur Weide dauerte länger, als der Junge gedacht hatte. Er musste darauf achten, dass die Ziegen nicht in die kleinen Vorgärten liefen, um dort die ersten erblühten Tulpen zu vernaschen. Endlich bei der Weide angekommen, trieb er die Ziegen hinein und schloss das Gatter. Jetzt hatte er viel Zeit, denn die Tiere konnten nicht ausbrechen und von einem Fuchs hatte er nichts gehört. Er legte sich ins schon warme Gras und ließ die Sonne auf sich scheinen. Gedankenverloren verbrachte er so den Tag und machte sich, nachdem die Kirchenglocke fünfmal geschlagen hatte, auf den Rückweg.

Als er die Ziegen in den Stall getrieben und ihnen aus dem Brunnen im Hof eimerweise Wasser hineingebracht hatte, holte er sich den Schemel und versuchte zu melken. Weil die Ziegen ihn aber nicht kannten, traten sie nach ihm. Ein paar Mal fiel der Gott sei Dank noch leere Eimer dabei um. Irgendwann schaffte er es aber. Alle zwölf Ziegen waren abgemolken und stolz brachte er den gut gefüllten Milcheimer ins Haus, bekam seinen zugesagten Lohn und machte sich mit frischer Ziegenmilch auf den Heimweg.

Der Weg zu Oma Haupt führte ihn an der Rumpelkammer, wie die Bevölkerung das Altersheim nannte, vorbei. Das fast verfallene Gebäude am Anfang der Österweide faszinierte ihn wegen seines kleinen Turmes auf dem Dach. Niemand wusste mehr, warum es einmal erbaut worden war. An der Front zum Landweg hin hatte das Altersheim zwei Türen, die in der oberen Hälfte durch kleine, mit Blei eingefasste Fenster, geöffnet werden konnten. Bei schönem Wetter saßen die Alten oft auf kleinen Bänken davor oder lehnten gelangweilt in den Türen. Peter-Johannes grüßte höflich und manchmal wurde sein Gruß freundlich erwidert.

Ein Armenvogt führte in dem Haus die Aufsicht. Der sah ziemlich respektvoll aus, weil er eine rote dänische Uniform trug. Er führte auch die Aufsicht über die Alten, wenn die einem kleinen Nebenverdienst durch die Herstellung von Schwefelhölzern nachgingen. Ebenfalls hatten sie einen Gemüsegarten zu versorgen, in dem sie für den Eigenbedarf Erbsen, Bohnen, Wurzeln und Kohl anpflanzten. Ansonsten waren sie, genau wie die Insassen des Armenhauses, auf Almosen aus der Bevölkerung angewiesen. Sonntags kam immer einer der Lehrer ins Altersheim, um ihnen vorzulesen. Die Alten freuten sich sehr darauf, wusste Peter-Johannes von diesem.

Er dachte: „So möchte ich nicht enden, ich möchte später genug Geld haben, und ein zufriedenes Leben führen. Oder wenigstens wie Oma Haupt, selbständig und mit Hab und Gut."

Die Arbeit bei ihr ging vier Wochen seinen Gang. Peter-Johannes wurde im Ort inzwischen weniger schief angeguckt und bekam immer seltener einen Spruch hinterhergerufen.

Ende Mai war Großmutter Haupt genesen und wollte ihre Herde jetzt wieder selbst übernehmen. Sie gab ihm zum Abschied den Rat, bei Müller Kelter, dessen Kornmühle am Ende Heides in Richtung Büsum lag, nachzufragen. Er bedankte sich für den Hinweis und versprach der guten Frau am nächsten Morgen bei Kelters nachzufragen.

*

Das tat er auch und hatte Glück. Der Müller fand ihn zwar ein bisschen schmächtig, aber er wollte es mit ihm versuchen. Getreide war zu dieser Jahreszeit zwar noch nicht zu mahlen, aber zu tun gab es auf dem Mühlengelände immer. Die Arbeit begann um vier Uhr morgens und endete abends um acht. Verdienen sollte er drei Schillinge pro Tag. Zusätzlich zum Lohn bekam er zwei Mahlzeiten, Bier und Wasser, genau soviel wie der Lehrling und der Geselle auch. Dem größten Hunger war damit abgeholfen und ein wenig Geld konnte er seiner Mutter am Ende jeder Woche auch geben. Die ungewohnte körperliche Arbeit fiel ihm anfangs recht schwer, aber allmählich gewöhnte sich sein Körper daran und die Muskeln wurden immer kräftiger. Die Mittagspause nutzte er nicht wie die anderen, um nach der Mahlzeit ein wenig zu schlafen. Er las.

Der Heider Drucker Pauly hatte im letzten Jahr angekündigt, dass er 1832 eine Dithmarscher Zeitung herausgeben würde. Das hatte er im April dieses Jahres in die Tat umgesetzt und so besaß Heide jetzt eine eigene Zeitung. Sie erschien einmal wöchentlich.

Der Müller hatte auf Peter-Johannes Nachfrage erlaubt, die Dithmarscher Zeitung bei ihm auszuleihen. So erfuhr er einiges, was den politischen und amtlichen Alltag anging. Gern las er auch die Annoncen, in denen von Personalsuche, bis hin zu Werbeanzeigen einiger Heider Händler, Verschiedenes zu erfahren war.

Oft musste Peter-Johannes mit seinen Arbeitskollegen Holzstämme vom Mühlenhof zum Wohnhaus transportieren, wobei auch das Arbeitspferd mit eingespannt wurde. An langen Schleifzügeln wurden die Holzstämme befestigt, Peter-Johannes durfte sich zu seiner großen Freude häufiger auf das Pferd setzten und es vorsichtig Richtung Wohnhaus dirigieren. Dort zersägte er gemeinsam mit dem Gesellen das Holz.

Wenn er abends erschöpft von der Arbeit nach Hause kam, schwatzte er noch ein Weilchen mit seiner Mutter, versorgte die Tiere und fiel meist sofort in tiefen Schlaf. Vor dem ersten Hahnenschrei war er dann schon wieder auf den Beinen, um rechtzeitig zur Arbeit zu erscheinen.

Inzwischen war er bereits fast drei Jahre in der Mühle tätig. Überall konnte er eingesetzt werden, nicht nur im Herbst, in der Hauptarbeitszeit, wenn das frisch geerntete Getreide zum Mahlen gebracht wurde. Auch bei Reparaturarbeiten stellte er sich sehr geschickt an.

An einem verregneten, schwülen Junitag trug der Müller ihm auf, in das einige Kilometer entfernte Dorf Hemme zu gehen, um ein Bullkalb abzuholen. Ein Bauer dort war war im letzten Jahr nicht in der Lage, die Mahlarbeiten zu bezahlen und hatte es als Lohn zugesagt.

Peter-Johannes machte sich sogleich auf den mehrstündigen Weg.

Über Wesseln ging es am noch erhaltenen Ringwall der ehemaligen Stellerburg vorbei. Hier hatte er manchmal mit Marten gespielt, weil das Gelände von einem alten hohen Schutzwall umgeben und ziemlich zugewachsen war. Oft stellten die Jungen sich vor, wie es wohl wäre, wenn sie einige alte Goldmünzen finden würden. Das war schon ab und zu vorgekommen, hörten sie damals. Und die Finder waren durch den Verkauf der Münzen schnell reich geworden.

Schmunzelnd über diese Erinnerungen spazierte er weiter. Eine Hitzeglocke hing über der Landschaft, die Luft flirrte. Die Hälfte des Weges hatte er jetzt schon fast hinter sich. Die vor ihm liegende Marsch, in der es nur wenig Baumbestand gab, bot so gut wie keinen Schatten. Er wurde immer durstiger und Hunger hatte er auch.

Die Mütze, die er zum Schutz vor der Sonne aufgesetzt hatte, wurde ihm fast zu warm. Seine Jacke hatte er schon ausgezogen. Das gleiche mit dem Hemd zu tun, schickte sich zwar nicht, aber da weit und breit kein Mensch zu sehen war, zog er es aus und band es sich um die Hüften. Er genoss die angenehme Kühlung, die der sanfte Wind seinem freien Oberkörper verschaffte. Die Lerchen am Himmel sangen ihre Lieder, Hummeln und Bienen waren an den Wegrändern emsig mit der Nahrungssuche beschäftigt, hier und da segelten Schwalben elegant im Tiefflug an ihm vorbei und er schaute ihnen nach. Leider war nirgends ein Fuhrwerk zu sehen. Gern wäre er ein Stück des Weges mitgefahren, aber so musste er eifrig weitermarschieren.

Als er einem Gehöft näher kam, zog er zumindest das Hemd wieder an. Nach gut drei Stunden hatte er endlich den Hof des Bauern erreicht. Er warf sich in den Schatten eines großen Apfelbaumes und ruhte sich kurz aus.

Seine Kehle fühlte sich ausgedorrt an. Nachdem er verschnauft hatte, begab er sich zur Küchentür, klopfte an und wurde von einer Magd eingelassen. Als er vorgetragen hatte, weshalb er gekommen war, bat er um einen Becher Wasser, den sie ihm bereitwillig gab. Dann holte sie den Bauern, der gerade im Stall beschäftigt war. Noch einmal wiederholte Peter-Johannes sein Anliegen und richtete den Gruß des Müllers aus.

„Ruh dich man noch einen Moment aus, ist ja kein Wetter für den weiten Weg. Trine, gib ihm mal die Reste von unserer Mittagsmahlzeit", wies der Bauer die Küchenmagd an.

Das hörte Peter-Johannes gern. Er verschwand mit einem Teller Mehlbeutel mit Speck, auf den ein großer Schlag Kirschsoße gegossen war, in den Hof und setzte sich wieder in den

Schatten des Apfelbaumes, um das nahrhaftes Essen zu verspeisen.

Nach allzu kurzer Zeit rief ihn der Bauer und übergab ihm das Bullkalb, das einen dicken Strick um den Hals gelegt bekommen hatte, mit den Worten: „So, Junge, mach dich auf den Weg, damit du vor dem Abend zurück bist. Hier hast du einen Apfel für unterwegs. Bei Thede in Wesseln kannst du das Kalb noch mal tränken. Einen Gruß an Müller Kelter richtest du wohl auch aus."

Peter-Johannes ließ sich eine genaue Beschreibung von Thedes Hof geben.

Dann war er verabschiedet und zog das bockende Kalb auf den Feldwegen hinter sich her. Unterwegs lief ihm der Schweiß von Stirn und Rücken herunter. Trotz der Anstrengungen in der schwülen Luft war er schmunzelnd der Meinung, dass er mit dem Bullkalb ein lustiges Bild abgäbe. Denn mal zog er mit aller Kraft das Kalb hinter sich her, mal sprang es voraus und riss ihn mit sich.

Lästig waren ihm die vielen Fliegen, die um sie herumschwirrten und sich nicht verscheuchen ließen.

An der Stellerburg angekommen, ließ er das erschöpfte Tier ein wenig grasen und ausruhen, verzehrte seinen Apfel und stellte sich vor, wie es gewesen wäre, wenn er ein Pferd besessen hätte. Dann wäre diese Reise erheblich kürzer und weniger anstrengend gewesen. Aber er wusste inzwischen, dass ein brauchbares Pferd bis zu sechzig Mark kostete. Er würde noch lange sparen müssen. Nach kurzer Rast setzte er seinen Weg fort.

Kurz vor Weddingstedt sah er den Bauern Thede, den er von dessen Besuchen in der Mühle kannte, auf einer Wiese bei der Heuernte. Etliche Grasbüschel waren schon zu Garben aufgestellt und die Tagelöhner schwangen emsig ihre Sensen. Er rief

45

dem Bauern seine Frage zu, ob er das erschöpfte Kalb auf dessen Hof tränken dürfte. Nachdem er dessen Einverständnis erhalten hatte, zog er das Tier weiter und murmelte: „Nur noch ein kleines Stück, dann ist das Schlimmste geschafft."
Endlich war der prächtige Thede-Hof erreicht. Er führte das Kalb zum Tränken an den kleinen Teich im Hof und band den Strick an einen in der Erde eingelassenen Ring. Er hätte sich am liebsten selbst in den Teich geworfen. Er lief zur Küchentür, wo er gerade das Dienstmädchen hineingehen sah, klopfte, und als ihm geöffnet wurde, erzählte er, dass er die Erlaubnis erhalten hätte, das Bullkalb zu tränken.
„Aber ich selbst bin auch halb verdurstet und bitte um einen Becher Wasser." Verlegen guckte das Dienstmädchen ihn an. Er sah gut aus. Groß, schlank, blond, so strahlend blaue Augen. Allein seine Anwesenheit verschüchterte sie. Sie sagte, dass er sich setzen solle, sie wolle nur eben die Bäuerin fragen, ob es erlaubt sei, ihm etwas zu geben. Mit rotangelaufenen Wangen verschwand sie aus der großen Küche. Hier war der Wohlstand der Besitzer schon an dem vielen Geschirr zu erkennen, dass auf dem Tellerbrett an der Wand aufgestapelt wurde. Auch gab es einen schwarzglänzenden Ofen, der ein paar Messingknöpfe an den Ofenklappen hatte. Auf den Fensterbänken standen sogar Blumen und an den Wänden hingen Landschaftsbilder in Öl gemalt.
Peter-Johannes sah sich um.
Sein Blick wurde wie magisch von einer wunderschön gearbeiteten Pfeife angezogen. Sie lag neben dem kostbaren Ofen. Der gebogene Pfeifenhals war mit Silber beschlagen und der Pfeifenkopf ganz mit Silber eingefasst. So ein prächtiges Exemplar hatte er noch nie gesehen. Er stand von seinem Stuhl auf, ging zum Ofen, besah die Pfeife genauer und nahm sie in die Hand.

Er streichelte mit den Fingern über die silbernen Einfassungen. Er überlegte, ob man für den Wert der Pfeife wohl ein Pferd kaufen könnte. Er hatte die Pfeife in die Hände genommen, ohne sich etwas dabei zu denken, er war nur neugierig. Plötzlich hörte er Schritte näherkommen und ehe er wusste, warum und wieso, hatte er die Pfeife unter seiner Jacke verborgen, die er im Hof wieder angezogen hatte. Sein Herz raste. Schnell trank er das angebotene Wasser, welches das Dienstmädchen ihm verlegen gereicht hatte und verabschiedete sich hastig.

Er band das Kalb ab, zog es eilig hinter sich her und so schnell es ihm mit dem widerborstigen Tier möglich war, marschierte er nach Heide, wobei er die Kirchturmspitze St. Jürgens zunächst noch in der Ferne, dann aber immer besser erkennen konnte.

Das Kalb lieferte er beim Müller ab und durfte wegen des anstrengenden Marsches den Arbeitstag beenden.

Ihm war übel, er hatte Angst.

Zu Hause angekommen, setzte er sich an den Küchentisch, holte die Pfeife hervor und besah sie noch einmal in aller Ruhe. Die Ellenbogen hatte er auf dem Tisch gestützt und das Gesicht in die Hände gelegt.

Eigentlich war ihm zum Weinen zumute, aber er musste überlegen, was er jetzt tun sollte. Zurückbringen, war sein erster Gedanke. Zurückbringen und dann?

Wer würde ihm denn glauben, dass er nicht in böser Absicht gestohlen hatte? Wahrscheinlich würden seine Kindheitssünden wieder in Erinnerung gerufen werden und dann wäre es aus mit ihm gewesen. Mindestens zwei Jahre Gefängnis würden ihm wohl drohen. Also, was tun? Die Pfeife musste aus dem Haus, das wurde ihm immer klarer. Und das möglichst sofort. Es brannte fast in seiner Hand, wenn er das Diebesgut berührte.

Plötzlich fiel ihm eine Lösung ein. In der nahegelegenen Norderstraße wohnte der Trödler Hans Hansen. Von ihm wurde behauptet, dass seine Ankaufgeschäfte nicht immer legal waren und er wohl auch mit Hehlerware handelte. Aber so oft die Ordnungshüter auch bei ihm kontrollierten, hieß es, sei ihm nie etwas nachzuweisen gewesen.

Er klemmte die Pfeife wieder unter seine Jacke und machte sich rasch auf den Weg zur Norderstraße.

Hans Hansen lehnte an seiner Eingangstür, eine Pfeife lässig in den Mundwinkeln haltend und wissend grinsend, als er Peter-Johannes mit gesenktem Kopf auf ihn zukommen und in den Trödlerladen gehen sah. Der schmierig und ungepflegt wirkende Mann fragte ihn, ob er etwas Bestimmtes kaufen möchte.

„Nein", antwortete er, „ich habe hier eine Pfeife, die ich von meinem Großvater geerbt habe und wollte mal wissen, was die so wert ist."

Der Händler nahm das gute Stück in seine schmutzigen Hände, besah die Pfeife genau und grinste mit breitem Mund. „So, so, vom Großvater. Na, der war wohl vermögend, der Großvater, was hat er dir denn sonst noch an Wertvollem vererbt?", kam es durch die Zähne gepresst.

Peter-Johannes wusste vor Verlegenheit nicht, wohin er gucken sollte. Außerdem war ihm dieser Mensch zutiefst zuwider. Nach kurzer Pause, in der keiner von beiden sprach, schlug der Händler zwei Mark als Ankaufpreis vor. Peter-Johannes willigte ein.

„Bis zum nächsten Mal. Hoffentlich hast du bald wieder einen verstorbenen Großvater. Kannst jederzeit zu mir kommen. Wir könnten gut ins Geschäft kommen", verabschiedete Hansen den jungen Mann.

Die zwei Mark in Peter-Johannes Händen wogen sehr, sehr schwer.

Gedankenversunken war er am Markt angekommen, als er eine laute Stimme hinter sich vernahm: „Da ist er ja, der Ohloff! Sofort zum Landvogt mit dir. Da wartet schon Bauer Thede und behauptet, dass du bei ihm gestohlen hast!" Angstschweiß lief ihm den Nacken herunter.

Das Geld ließ er schnell im Wollstumpf verschwinden, während er die Stufen zur Landvogtei, an der Nordseite des Marktes gelegen, hinaufging. Er stellte erstaunt fest, dass ihn eine tiefe Ruhe überkam als er sich zum Amtszimmer des Landvogtes begab. Dort empfing ihn der aufgebrachte Thede mit wüstem Geschimpfe, aber der Landvogt fragte ihn ruhig, was er zu den Bezichtigungen zu sagen hätte. Peter-Johannes beteuerte mit absoluter Unschuldsmiene, von der er gar nicht wusste, dass er sie in einer solchen Situation aufsetzen könnte, nichts mit der Tat zu tun zu haben. Dass er dabei innerlich völlig gelassen blieb, war eine neue Erfahrung für ihn. Er bot freiwillig eine Hausdurchsuchung in seinem Elternhaus an und drehte seine Jackentaschen nach außen, um zu zeigen, dass er nichts bei sich hatte.

Der Landvogt glaubte ihm. Schließlich zeuge ein Tatablauf, wie ihn der Bauer beschrieb, nicht nur von Dreistigkeit. Es würde auch viel Dummheit dazu gehören. Auffälliger als mit einem Bullkalb könne man wohl kaum unterwegs sein, da müsse der Verdacht ja unweigerlich auf Peter-Johannes fallen. Aber man merke doch sofort, dass er im Gegenteil ein kluger Bursche sei, von dem eine solche Dämlichkeit nicht zu erwarten war.

Er schlug dem Bauern vor, das Haus noch einmal gründlich abzusuchen und zu überlegen, wer in letzter Zeit noch auf dem Hof eingekehrt war.

Auch sei es nicht ausgeschlossen, dass jemand unbemerkt ins Haus eingedrungen war. Das sei in letzter Zeit immer häufiger vorgekommen. Knechte und Mägde kämen ebenfalls in Betracht. Es sei schon vorgekommen, dass sie versucht hätten, einen Diebstahl Fremden in die Schuhe zu schieben.

Thedes konnte sich gar nicht wieder beruhigen, blieb er doch von der Schuld des jungen Mannes überzeugt.

Aber das Gespräch war für den Landvogt damit beendet und Peter-Johannes durfte gehen.

Erst auf dem Kopfsteinpflaster vor der Landvogtei wurde ihm bewusst, wie glücklich er davongekommen war. Hoffentlich würden sie nicht die schüchterne Magd um seinetwegen verdächtigen. Eigentlich war er ganz froh, dass Thede dem Landvogt kein Wort geglaubt hatte.

Aber fast zeitgleich kam in ihm die Befürchtung hoch, dass er Thede irgendwann wieder einmal beim Müller treffen würde. Das wollte er um jeden Preis verhindern und er wusste auch schon wie. Er würde beim Müller den Dienst quittieren. Gleich machte er sich auf den Weg. Er war erschöpft, wollte aber lieber umgehend dem Müller Bescheid geben und sich seinen anteiligen Lohn auszahlen lassen.

Unterwegs hatte er eine Idee. Neulich hatte er in der Dithmarscher Zeitung eine Annonce gelesen, an deren Wortlaut er sich nicht mehr genau erinnern konnte. Darum würde er seinen Arbeitgeber noch einmal um diese Ausgabe bitten.

Der Müller war zwar nicht begeistert, seinen geschickten Hilfsarbeiter zu verlieren, zahlte ihm aber die Schillinge, die ihm noch zustanden. Auch erlaubte er ihm, noch einen Blick in die Zeitung zu werfen. Peter-Johannes steckte seinen Lohn in die Hosentasche, und blätterte die wenigen Seiten durch. Er fand auf der letzten Seite, was er gesucht hatte. Herr Pauly von der Buchhandlung am Nordermarkt hatte annonciert:

Ein rechtlicher Mann, der Geschick und Lust
hat, regelmäßige Botengänge von Meldorf über
Heide nach Friedrichstadt zu machen,
findet in der Niederlassung dieser Zeitung
zu Heide, Anstellung zu einer festen kleinen
Einnahme für diese Gänge.

Wenn Herr Pauly ihn einstellen würde, wäre er einig Sorgen los. Er hätte nach der Kündigung bei dem Müller ein neues Einkommen, müsste Thede nicht mehr sehen und käme in der Dithmarscher Landschaft viel herum. Und wenn Pauly ihn nicht einstellen würde, ginge er als Tagelöhner von Hof zu Hof, bis sich etwas anderes fände.

Endlich machte er sich auf den Heimweg. In seiner Jackentasche klimperten die beiden Markstücke gegeneinander. Er nahm sie in die Hand und wog sie auf und ab. Zwei Mark. Dafür müsste er beim Müller lange den Buckel krumm machen. Davon abgesehen, wie er zu dem Geld gekommen war, hatten die zwei Mark in der Hand auch etwas Beruhigendes.

*

Die Luft war inzwischen unerträglich drückend geworden und er sah in der Ferne, dass sich dunkle Wolken aufbauten. Ein Unwetter braute sich zusammen. Er beeilte sich, um vor dem Gewitter zu Hause zu sein. Seiner Mutter würde er von den heutigen Geschehnissen nichts erzählen, das nahm er sich fest vor. Schließlich fühlte er sich jetzt fast erwachsen und außerdem konnte er ihr diese Geschichte gar nicht erzählen, weil es sie bis an den Boden zerstören würde.

Die Mutter kam kurz nach ihm ins Haus, wo Peter-Johannes trotz der hohen Temperaturen das Feuer angezündet hatte, um Wasser für Gerstengrütze zu kochen.

Das Gewitter brach urplötzlich mit einem heftigen Donnerknall los. Blitze zuckten auf und erhellten den tiefschwarz gewordenen Himmel. Der Wind heulte und aus dem Küchenfenster konnten sie sehen, wie sich im Garten die schwer behangenen Obstbäume unter der Sturmlast bogen.

Dorothea hatte natürlich auf dem Heimweg schon gehört, dass ihr Sohn beim Landvogt vorstellig geworden war und er abermals des Diebstahls bezichtigt wurde. Peter-Johannes erklärte ihr ganz ruhig, dass er schließlich freigesprochen und somit reingewaschen war. Er habe sich nichts zu Schulden kommen lassen, log er.

Sie glaubte ihm nur allzu gern.

„Ich habe die Arbeit beim Müller aufgegeben", erzählte er ihr. Daraufhin machte sie ein sehr erschrockenes Gesicht, weshalb er fortfuhr: „Mach dir keine Sorgen, Mutter. Morgen gehe ich zu Herrn Pauly und bekomme sicher den Posten als Bote. Dann kann ich dir jede Woche erzählen, was im Blatt steht. Das ist doch bestimmt schön für dich." Sie unterhielten sich eine ganze Weile über die Pläne des jungen Mannes. Die Sorgen der Mutter wegen der Strapazen und der schlechten Wege, auch wegen des Regen- und Winterwetters, zerstreute er, indem er seine Stärke und Ausdauer, seine Willensstärke und die zu erwartende gute Bezahlung dagegenhielt.

„Und irgendwann kaufe ich mir ein Pferd, Mutter, dann wird alles sehr viel einfacher und ich wäre der erste berittene Bote für die Dithmarscher Zeitung."

In der Nacht wurden sie durch das laute Tröten des Hornes vom Nachtwächter Ehlers und dem kurz darauf folgendem Schlagen der Sturmglocke geweckt. Feuer!
Ein Blitz hatte eingeschlagen. So schnell er konnte, zog Peter-Johannes seine Kleidung über, griff einen Wassereimer und rannte aus dem Haus noch bevor seine Mutter überhaupt das Wandbett verlassen hatte. Er roch den Qualm, ehe er das Feuer sah. Er rannte zur Süderstraße, von wo er laute Rufe hörte. Der Branddirektor, der hier wohnte, stand schon auf der Gasse und dirigierte die ersten Helfer: „Zur Österstraße, da hat ein Blitz eingeschlagen!"
Peter-Johannes sauste los, dicht gefolgt von Marten, den er in letzter Zeit selten gesehen hatte. In der Österstraße sahen sie den Qualm schon aus dem Dach des Stalles eines Wohnhauses schwelgen. Die Menschen schleppten bereits aufgeregt die hölzernen und ledernen Wassereimer. Alle liefen hektisch durcheinander. Die Männer des Brandcorps umlagerten die Pumpe an der Marktostseite. Sie waren in Panik geraten, weil das untere Ausflussrohr der Pumpe nicht mit dem vorgesehenen Pflock verschlossen werden konnte. Dies war aber wichtig, damit das auf Rädern gesetzte Holzfass der Feuerwehr mit dem höher gelegenen Ausflussrohr schneller befüllt werden konnte. Die große Wassertonne neben der Pumpe war allerdings gut gefüllt, eine Aufgabe, für die der Armenvogt zu sorgen hatte. Daraus konnte zunächst Wasser entnommen werden.

Peter-Johannes verschaffte sich mit lauter Stimme Gehör: „Bildet eine Kette! Reicht die Eimer von Hand zu Hand bis zur Brandstelle!" Froh, dass jemand das Kommando übernommen hatte, führten die Mitbürger den Befehl aus.

Viele Einwohner des Ortes erinnerten sich an das verheerende Feuer, das vor dreißig Jahren fast den ganzen Ort verwüstet hatte. Damals waren die Häuser noch ausschließlich mit Stroh gedeckt gewesen. Nach den furchtbaren Bränden war entschieden worden, sie mit Ziegeln einzudecken und bei jedem ausbrechendem Feuer waren die Einwohner froh über diese Anordnung, weil der Funkenflug nicht mehr schlagartig zu Anschlussbränden führte.

Endlich saß der Pflock fest, die Pumpe konnte benutzt werden. „Der Notpool ist ausgetrocknet und verschlammt, da kriegen wir kein Wasser her!", hörten sie den aufgeregten Ruf eines Mitbürgers. „Schneller, Leute, schneller, lasst nicht nach!", rief Peter-Johannes gegen den immer stärker werdenden Wind an. Der Sturm heulte trocken über ihnen, Blitze zuckten am Himmel und der Wind entfachte das Feuer immer schneller. Rauch, Dampf und umherfliegende Asche erschwerten die Löscharbeiten.

Die alte Feuerwehrpumpe, die von vier Männern immer im Takt auf und ab bewegt wurde, gab endlich Wasser durch den ausgerollten Schlauch. Der Druck war allerdings gering, sodass das Wasser aus dem Schlauch nur einige Meter weit sprühte. Aber als ob der Himmel ein Einsehen gehabt hätte, ergossen sich plötzlich enorme Wassermassen über den Ort.

Peter-Johannes und Marten, die Hand in Hand gearbeitet hatten, fielen sich vor Erleichterung in die Arme.

Ein allgemeines Jubeln brach aus, als man sah, dass das Feuer langsam aber sicher erlosch. „Gerettet!", „Dem Himmel sei Dank!", erklang es aus verschiedenen Richtungen. Den Bewohnern des Hauses war nichts passiert, sie hatten rechtzeitig aus dem brennenden Haus flüchten können. Die Grundmauern hatten dem Feuer standgehalten, nur der Dachstuhl war halbseitig eingefallen.

Noch eine ganze Weile wurde Wache gehalten. Erst als die völlig durchnässten und erschöpften Menschen das Gefühl hatten, dass alles sicher sei, machten sie sich auf den Heimweg. Peter-Johannes und Marten wurden vom Brandmeister besonders gelobt. Beide hatten sich mit den gefüllten Wassereimern am weitesten an das brennende Haus gewagt und die Eimer nicht nur an diesem geleert, sondern auch die Nebengebäude immer wieder mit Wasser überschüttet. Stolz nahmen sie den Dank und das anerkennende Schulterklopfen einiger Männer entgegen. Sie verabredeten sich für das kommende Wochenende, um endlich einmal wieder gemeinsam etwas zu unternehmen.

Noch tagelang bot das Feuer Gesprächsstoff in dem kleinen Ort. In der Kirche wurde die Kollekte für die Hausbesitzer gesammelt.

*

Wie verabredet, trafen sich die beiden jungen Männer. Sie tranken in einer Gaststätte am Markt mehrere Humpen Bier, das hier am besten schmeckte. Sie tauschten ihre Erlebnisse der vergangenen Jahre aus. Peter-Johannes verschwieg das letzte Ereignis natürlich, erzählte aber, dass er den angebotenen Botenposten bei Pauly gestern zugesagt bekommen hatte. Von Marten erfuhr er auch, dass der reiche Kaufmann Matthias Nissen für alle Heider einen Nebenerwerb anbot. Wer ihm bestimmte Wildkräuter brachte, konnte einige Mark verdienen. Nissen hatte sein Vermögen mit Militärbelieferungen gemacht. Er besaß nicht nur in Heide, Kiel und Hamburg, sondern auch in Antwerpen Häuser.

Sein prächtiges Wohnhaus in Heide grenzte an die Sandkuhle und das Regenrückhaltebecken am Scheibenwall. Er hatte sogar einen prächtigen Gartenpavillon bauen lassen, um seinen Reichtum noch stärker nach außen zeigen zu können.

Peter-Johannes ging am nächsten Morgen zu Kaufmann Nissen und fragte ihn, welche Kräuter es sein sollten, und wie hoch der zu erwartende Preis wäre.

„Ich zahle sechs Schillinge für jedes Pfund von Feldkamille, Wolfskrautblume, Rainfarn, Beifuß und Saudistel. Außerdem den gleichen Preis für die Wurzeln vom Wolfskraut, von der Klette, bevor sie blüht und für Hundeblumenwurzeln", erklärte der Kaufmann. „Und wenn du Fliederblüten bringst - allerdings nur solche, die noch nicht ganz aufgeblüht sind - gibt es für drei Pfund einen Schilling."

Das klang für Peter-Johannes, als ob das Geld leicht zu verdienen sei. Denn alle gefragten Kräuter wuchsen in und um den Ort in großen Mengen. Der Kaufmann erwähnte zudem, dass er für einige Schilling im Monat leere Dachböden anmieten würde, um die dann kleingeschnittenen Kräuter trocknen zu können. Zwar durfte er schon den Kirchenboden kostenfrei benutzen, aber das würde auf die Dauer nicht genügen, weil er mit tausenden Pfund Kräutern rechnete, die er nach Hamburg, Lübeck und Riga versenden wolle.

Peter-Johannes bot den Dachboden seines Hauses an und freute sich über die zukünftige kleine Nebeneinnahme.

Aufgeregt erzählte er seiner Mutter von den Neuigkeiten. Sie schlug vor, das bisschen Heu, welches sie bisher als Isolierung auf dem Dachboden gelagert hatten, im Stall unterzubringen. Auch wollte sie in ihrer freien Zeit zum Kräuterernten gehen. Sie lachte vor Glück bei der Aussicht, dass sich die häuslichen Verhältnisse wohl bald bessern würden. Er machte sich gleich an die Arbeit und schob mit der Forke das Heu vom Dachboden. Er warf es durch die Luke nach unten und beförderte es in den Stall. Der Kaufmann konnte jetzt jederzeit kommen, um den Raum zu begutachten.

Peter-Johannes bat seine Mutter, ihm einen Proviantbeutel zum Umhängen zu nähen. Ihm war die Idee gekommen war, dass er, wenn er die Zeitungen austragen würde, auch gleich Kräuter sammeln könnte. Und solange der Korb noch mit Zeitungen gefüllt war, könnte er Wildpflanzen in dem Beutel unterbringen. Sie setzte sich gleich an die Arbeit. Noch bevor es zu dunkel wurde, und sie bei Kerzenlicht hätte nähen müssen, war der Beutel fertig. Stolz präsentierte sie ihn ihrem Sohn, der seine Mutter mit breitem Lächeln in die Arme nahm.

In Heide war dieser neue Nebenerwerb Hauptgesprächsthema. Die Hoffnung vieler lag darin, so endlich der größten Armut zu entfliehen. Das Armenhaus an der Ecke der Süderstraße platzte inzwischen aus allen Nähten. Auch bei Ohloffs sah es nicht viel besser aus, als bei den meisten Familien, auch wenn nun beide gemeinsam für das Einkommen sorgen konnten. Immer noch bestimmten Grütze und Brot den Speiseplan.

Nur wenn ein Kaninchen, ein Huhn oder eines der Schweine geschlachtet wurde, änderte sich dies für kurze Zeit. Gemüse und Obst waren zwar im eigenen Garten vorhanden und deckte den größten Bedarf, aber es mussten Lebensmittel zugekauft werden. Brot, Käse, Salz und Zucker, um nur einige zu nennen, wurden auf dem Markt oder bei den Händlern im Ort gekauft. Neuer Stoff für Kleidung oder gar Schuhe waren Luxus. Bei den über dreißig Schustern, die es im Ort gab, hatten die Flickschuster am meisten zu tun.

Die Arbeit begann um vier Uhr in der Früh. Als Peter-Johannes seinen ersten Tag, es war ein Donnerstag, bei dem Buchhändler Pauly antrat, überraschte der ihn mit der Nachricht, dass seine Wege mit dem *Ditmarser und Eiderstedter Boten* nicht wie vereinbart auch nach Meldorf, sondern nur in nördlicher Richtung bis nach Friedrichstadt führen sollte. Das war sehr angenehm für den jungen Mann, weil die Strapazen des Weges in der freien Marsch nach Meldorf bei bestimmtem Wetter doch sehr groß gewesen wären.

Auf dem Weg nach Friedrichstadt hingegen käme er geschützter durch die Geest. Die Marschebene, eine dem Meer abgewonnene, fruchtbare Erde, war auf der Strecke durch den Geestrücken nicht so eintönig.

Seinen Leinenbeutel hatte er umgehängt, einen Krug Bier und ein halbes Brot sowie zwei Äpfel hatte er als Wegzehrung hineingelegt. Jetzt merkte er, dass der Korb mit den Zeitungen gar nicht so leicht war. Der Umfang des Blattes betrug heute vierundzwanzig Seiten. Mitunter waren es nur acht Seiten pro Ausgabe und dann wäre seine Last nicht so schwer. Allerdings würde der Korb ja mit jeder abgegebenen Zeitung leichter werden. Er machte sich gut gelaunt auf den Weg Richtung Wesseln. Er war jung, groß und kräftig genug für diesen Weg und schließlich lag nur ein einziger Arbeitstag vor ihm, da die Zeitung nur einmal wöchentlich erschien.

Durch die letzten Regentage in diesem Herbst waren die Wege schlammig, und jeder Schritt in dem morastigen Boden strengte an. Es gab keine befestigten Wege oder Chausseen aus Heide heraus.

Peter-Johannes nahm sich vor, von den zwei Mark, die er im Haus unter der Schlafkoje versteckt hatte, bei nächster Gelegenheit neue Schuhe zu kaufen. Er überlegte: Dann muss ein Pferd eben noch eine Weile warten. Gut gelaunt schritt er voran um die erste Zeitung bei einem reichen Bauern in Wesseln abzugeben. Unterwegs schaute er sich genau um, weil er sich für den Rückweg einprägen wollte, wo er jetzt noch große Mengen Rainfarn finden könnte, um die Blütenköpfe zu ernten. Auch nach den anderen gefragten Kräutern guckte er im Vorübergehen. Hier und da erspähte er das Gesuchte. Er sah große Flächen, die mit Rainfarn, Kamille und auch Wolfsmilch bewachsen waren. In den folgenden Tagen würde er ernten kommen.

Mitunter sah er bei seiner Kräutersuche auf den Feldern Schafe auf dem Rücken liegen. Er lief zu ihnen, griff in die dicke Wolle der Tiere und wendete sie mit einem Ruck, sodass sie sich nicht zu Tode strampelten, sondern wieder auf die Beine kamen. „Bitte schön, du Dummerchen", sagte er dann jedes Mal zu dem geretteten Schaf und freute sich, wenn sie eilig davon hasteten.

Die Strecke von vierzig Kilometern bis Friedrichstadt konnte er bis mittags gut schaffen. Im Carolinenkoog bei Lunden musste er mit der Fähre über die Eider setzen und nutzte diese Pause, um sein Brot und das mitgenommene Obst zu verzehren.

Wenn er viel Glück hatte, kam er auf dem Rückweg von Friedrichstadt zeitgleich mit dem berittenen Postboten an der Fähre an. Der Fährmann hatte den königlichen Befehl, den Postboten stets unverzüglich ohne Wartezeit über die Eider zu setzen. So hatte Peter-Johannes keine Wartezeit.

Er beneidete den jungen Boten vor allem des Pferdes wegen. So einen hübschen Braunen mit langer, wilder Mähne hätte er auch gern. Der Postbote war zwar ziemlich hochnäsig, unterhielt sich aber mit dem höflichen jungen Mann, der sein Pferd bewunderte. So erfuhr Peter-Johannes, dass der Transport eines Briefes von Heide nach Friedrichstadt im Moment sechs Schillinge, nach Kopenhagen sogar vierzig Schillinge kostete. Auch, dass der Bote nur donnerstags ritt und Briefe und Handpakete, die nicht schwerer als sechs Pfund sein durften, mit sich trug. Neugierig machte ihn der Bericht über die Fahrpost, die einmal wöchentlich von Meldorf nach Itzehoe Geld transportiert und schon häufiger überfallen worden war, weshalb die Postobrigkeit um militärische Begleitung für die Strecke gebeten hätte.

Als Ausgleich zu diesen Ausführungen erzählte Peter-Johannes von dem Postmeister Johannsen aus Heide, der nur am Samstag, dem Hauptposttag, mal im Postkontor erschien. Mit seiner langen Pfeife im Mund guckte er dann die Post durch, brachte mit seinem Fuß die Pakete und Briefe durcheinander, las die Adressen, begab sich wieder in seine Wohnung, die über dem Kontor am Markt lag, und ließ seinen Postsekretär dann alles wieder aufräumen.

Verschmitzt grinsten sich beide an. Der Bote fand es kurios, dass sich noch niemand bei der Obrigkeit über das Verhalten dieses Postmeisters beschwert hatte und meinte: „Dass der für seine Faulheit auch noch Gehalt bekommt, ist doch kaum zu glauben."

Peter-Johannes Wanderungen und Erntezeiten gingen bis in den späten Herbst hinein recht zügig und ergiebig voran. Dann aber kam aber ein frostreicher, immerhin relativ schneefreier Winter.

Die Einnahmen für ihn sanken, weil der Kaufmann Nissen den Bodenraum in den Wintermonaten nicht brauchte. Seine zwei Mark waren inzwischen für Karamellbonbons und die ersten Pfefferkuchen draufgegangen.

Außerdem hatte er der Mutter zu Weihnachten ein Buch gekauft.

Eines Morgens, kurz vor dem Fest, stand seine Mutter nicht zur gewohnten Zeit auf. Schon tagelang hatte sie sich mit Husten und Fieber geplagt. Jetzt konnte sie das Bett nicht mehr verlassen. Peter-Johannes kochte ihr heißen Tee, setzte die Gerstengrütze auf und machte ihr nach ihren Anweisungen kalte Wadenwickel aus feuchten Leinentüchern.

Hilflos sah er sie liegen und überlegte, ob er den Arzt holen sollte. Doktor Wasmer wohnte am Markt neben dem Predigerhaus. Seine Mutter, die sein besorgtes Gesicht bemerkte, sprach mit kläglicher Stimme zu ihm: „Mein Junge, ich bitte dich, hole keinen Arzt, wir haben kein Geld um ihn zu bezahlen. Mir geht es nachher gewiss besser. Mach dich jetzt erst auf den Weg, um die Zeitungen auszutragen, sonst fehlt uns dein Geld auch noch."

Das musste er einsehen. Er machte sich mit schlechtem Gewissen auf, nachdem er Holz in den Ofen geschoben und einen Vorrat direkt neben den Ofen aufgestapelt hatte, damit seine Mutter selber nachlegen konnte.

Eisige Kälte schlug ihm an diesem Morgen entgegen.

Der Atem gefror ihm fast vor dem Gesicht, sodass er seinen dick gestrickten Schal fest um Mund und Ohren wickelte. Es war Gott sei Dank wieder kein Schnee gefallen, so musste er nur die schneidende Kälte aushalten.

Er marschierte zügig voran, um sich warm zu laufen. Seine Gedanken schweiften immer wieder zu seiner Mutter.

Hätte er doch auf die Karamellbonbons damals verzichtet, dann wäre jetzt noch etwas Geld für den Arzt übrig.

Endlich am Carolinenkooger Hafen angekommen, musste er feststellen, dass die Fähre nicht fuhr. Sie lag angetäut auf der gegenüberliegenden Eiderstedtischen Seite.

Zu starker Eisgang ließ ein Befahren des Flusses nicht zu. Aber die Eider war auch noch nicht ganz zugefroren, sodass er sie zu Fuß hätte überqueren können. Den ganzen Weg von Lunden bis hierher war er in der Kälte umsonst gegangen. Ihm kamen die Tränen. Er dachte daran, wie viel früher er zurück bei seiner Mutter hätte sein können, wenn er das geahnt hätte. In der vorherigen Woche war die Eider doch noch befahrbar gewesen!

Jammern nützte nichts, er musste umkehren. Er war völlig durchgefroren und steckte seine Arme abwechselnd unter die Jacke, um sie zu wärmen. Er hatte den Eindruck, dass sich sein Körper, trotz des anstrengenden Marsches, wie ein Eisklotz anfühlte. Die Sonne kam nur selten hervor. Sein Brot und sein Bier waren hartgefroren. Und noch gute vier Stunden Fußweg nach Hause lagen vor ihm.

In Rehm, einem kleinen Dorf, war er durch die Kälte so erschöpft, dass er bei einem Grobschmidt, dem er auch die Zeitung zustellte, an die Tür klopfte und um Einlass und heißen Tee bat. Beides wurde ihm gewährt, obwohl ihm von der Dienstmagd mitgeteilt wurde, dass die Herrschaften nicht im

Hause seinen. Aber sie kannte ihn und hatte der schneidenden Kälte wegen Mitleid. Er wärmte sich in der geheizten Küche. Die Magd arbeitete weiter und ließ, als sie im Wohnzimmer etwas richten wollte, die Tür offen stehen. Mit großen Augen sah Peter-Johannes die vielen Bücher, die im Wohnzimmer in einem hohen Bücherschrank standen. Ein großer Kachelofen war zu sehen, edle Möbel und ein riesiger Holztisch auf dem eine gehäkelte Tischdecke lag. Er erkannte darauf das eingearbeitete Muster des Dithmarscher Wappens, welches St. Jürgen, den Drachentöter, auf seinem Pferd darstellte. Der Tisch war umgeben von sechs Stühlen, in deren Holzverzierungen das Wappen wiederkehrte.

Die von ihm am Morgen gebrachte Zeitung sah er auf einer silberverzierten Kommode liegen. Der Raum war eine einzige Pracht. Die Dienstmagd wischte mit einem Federbüschel Staub. Als sie mit ihrer Arbeit im Wohnzimmer fertig war, kam sie in die Küche zurück, wobei sie aber die Tür wohl aus Gewohnheit nur anlehnte.

Sie teilte ihm mit, dass sie nur mal eben in den Stall müsse, um den gefüllten Milcheimer hereinzuholen, und er solle sich doch ruhig noch ein wenig wärmen.

Sie verließ den Raum und Peter-Johannes stand langsam auf. Diese Stube wollte er gerne einmal in Ruhe aus der Nähe betrachten. Er betrat ehrfürchtig das Zimmer, ging zur Kommode mit den vielen Schubläden und zog die obere gedankenversunken auf.

Ihm blieb das Herz fast stehen. Obenauf lag ein Geldbeutel. Wie er unschwer erkennen konnte, war der gut gefüllt. Er nahm ihn und ehe er sich versah, hatte er hineingegriffen, hielt einige Taler-, Mark- und Schillingstücke in der Hand und steckte sie in die Tasche. Es regte sich nichts in ihm, kein schlechtes Gewissen bedrückte ihn, weil er seine leidende Mutter vor sich sah. Rasch ging er zu seinem Platz an den Küchentisch zurück und als in dem Moment die Magd wieder erschien, verabschiedete er sich ohne Hast. Er bedankte sich noch einmal für ihre Freundlichkeit, registrierte nur am Rande, dass sie ihn mit einem verschämten Lächeln ansah.

Schon stand er in der Kälte vor der Tür.

Zügig marschierte er Richtung Heide. Der eisige Ostwind schnitt ihm kalt ins Gesicht.

In Heide angekommen, lieferte er zunächst die übriggebliebenen Zeitungen bei Pauly ab, gab eine knappe Erklärung wegen der gefrorenen Eider und eilte quer über den Markt zur Dohrnstraße. Das Geld klimperte in seiner Jackentasche und er dachte daran, gleich bei Doktor Wasmer anzuhalten. Er besann sich dann aber. Vielleicht ging es seiner Mutter ja schon besser.

Dies war nicht der Fall, er merkte es sofort an der ausgekühlten Wohnung. Seine Mutter war zu schwach gewesen, Holz nachzulegen. Seine Jacke zog er gar nicht erst aus, sondern kniete vor dem Wandbett nieder. Sie war kaum bei Bewusstsein und röchelte leise vor sich hin.

„Oh Gott, liebste Mutter, was soll ich tun?" Da sie nicht antwortete, eilte er zum Arzt. Den traf er aber nicht in seiner Praxis an, weil er wegen eines Beinbruches zur Gastwurth gerufen worden war.

Peter-Johannes rannte durch die Süderstraße dorthin, wo er den Pferdewagen des Doktors vor einem Haus stehen sah. Er klopfte heftig an die Tür.

„Herr Doktor, bitte, kommen Sie schnell zu uns, meiner Mutter geht es so schlecht, sie braucht Hilfe. Ich weiß nicht, was ich tun soll", drang er auf den Arzt ein. Der hatte seine Arbeit gerade beendet und machte sich sofort mit dem jungen Mann auf den Weg.

„Steig auf", sagte er und zeigte auf den Wagenbock, „dann sind wir schneller da."

In der Dohrnstraße angekommen, stürmte Peter-Johannes ins Haus. Doktor Wasmer folgte ihm so schnell es ging. Er betrachtete die Mutter, untersuchte sie eingehend und meinte: „Das tut mir leid, mein Junge, aber du musst dich auf das Schlimmste gefasst machen. Ich befürchte, hier kommt jede Hilfe zu spät."

„Bitte, Herr Doktor, ich habe Geld, ich kann Sie bezahlen. Bitte helfen sie ihr", stammelte er und griff in die Jackentasche, um sein Geld vorzuzeigen.

Er hielt die vom Fieber glühend heiße Hand seiner Mutter in seiner eigenen großen Hand und streichelte sie. Der alte Arzt, der schon so viele Jahre praktizierte, schüttelte bedauernd den Kopf.

„Du musst jetzt stark sein. Es geht mit ihr zu Ende. Ich kann nichts mehr für sie tun, aber ich bleibe bei euch, bis es vorbei ist."

Peter-Johannes schluchzte auf. Seine Mutter bekam nicht mehr ausreichend Luft und röchelte nur noch schwach.

Dann war es still. Viel zu still.

Peter-Johannes sah den Arzt verzweifelt an. Der zog die Bettdecke über das Gesicht der Mutter und legte dem weinenden jungen Mann den Arm um die Schulter. Es war vorbei. Dorothea Ohloff war gestorben.

Siedend heiß fiel ihm ein, dass er den Pastor nicht geholt hatte.

„Herr Doktor, meine Mutter hat kein Sterbesakrament erhalten. Ich habe vergessen, den Pastor zu holen. Oh Gott, was wird denn jetzt ohne das Sakrament mit ihrer Seele geschehen?"

„Mach dir keine Vorwürfe, mein Junge, du konntest doch nicht wissen, wie schnell sie sterben würde. Ich gehe gleich zum

Pastor und benachrichtige ihn. Sicher kommt er nachher gleich und spricht ein Gebet für ihre gute Seele."

Nachdem der Arzt gegangen war, setzte Peter-Johannes sich an den Küchentisch und überlegte traurig, wie jetzt alles weitergehen sollte.

Wenig später klopfte der Pastor, gab der Verstorbenen seinen Segen und tröstete den Vollwaisen.

„Alles Weitere besprechen wir, wenn du morgen früh vorbei kommst", verabschiedete er sich.

Die Nachbarn würde Peter-Johannes sofort vom Tod benachrichtigen müssen, damit der Leichnam von ihnen für die Beerdigung hergerichtet werden konnte.

Er nahm jetzt das erste Mal das gestohlene Geld aus der Jackentasche, legte es auf den Tisch und zählte es. Er war erschrocken, als er feststellte, dass er drei Taler, fünf Mark und vier Schillinge gestohlen hatte. Aber seine Untat war ihm im Augenblick egal. Für eine Beerdigung in der ersten Klasse würde sein Geld reichen. Die anderen mochten das unschicklich finden für ein Besenbinderweib. Für sie, die er so sehr geliebt hatte, schien ihm das gerade recht. In ihrem Leben hatte sie sich nicht viel leisten können. Selbst in der schlechtesten Zeit hatte sie alles versucht, es ihm so schön wie möglich zu machen. Er hatte so wenig zurückgegeben. Sie hatte die schönste Beerdigung verdient.

Hätte er ihr nur das Buch, das er ihr zu Weihnachten schenken wollte, schon vorher gegeben.

Am nächsten Morgen fragte ihn der Pastor, wie er sich eine so teure Bestattung für die Mutter überhaupt leisten konnte, und er gab zur Antwort, das Geld dafür sei von ihm und seiner Mutter angespart worden. Der Geistliche sah ihn zweifelnd an, war aber mit der Antwort zufrieden, weil er das zu erwartende Geld nicht verachtete.

Er erklärte Peter-Johannes, dass dieser noch fünfzehn Mark Grabstättengebühr für den neuen Friedhof zu entrichten hätte. Dafür bräuchte er dann die kommenden fünfundzwanzig Jahre nichts mehr bezahlen.

Bei Tischler Haarländer gab er einen Sarg aus Eichenholz in Auftrag, weil er nicht wollte, dass seine Mutter in einem aus Holzplanken gezimmertem Kasten bestattet wurde. Der Meister versprach, den Auftrag bis zum nächsten Tag auszuführen.

Weil es auf dem Friedhof immer noch keine Kapelle gab, musste sich die Gemeinde zunächst auf den Weg zur Kirche machen. Marten lief an der Seite seines Jugendfreundes, um ihm Beistand zu gewähren. In dem alten Bau hielt der Pastor seine andächtige Rede über die Verstorbene. Die Schulknaben sangen recht ordentlich dazu.

Dann führte der Weg zum neuen Friedhof.

Bei frostiger Luft, aber hellstem Sonnenschein wurde der Sarg in die Erde gelassen.

Peter-Johannes konnte der Trauerrede kaum folgen. Erinnerungen stiegen in ihm hoch. Hier hatte er bei der Eröffnung des neuen Friedhofs Hand in Hand neben seiner Mutter gestanden. Schweigend hatten sie auf das neue Grab seines Vaters gestarrt. Fast acht Jahre musste das jetzt her sein.

Damals war der Friedhof mit der Bestattung der verstorbenen Tochter des Kirchspielvogtes vom Hauptpastor eingeweiht worden. Er hatte damals seine Trauerrede mit den Worten begonnen: „Bevor wir die Verstorbene zur letzten Ruhe betten, möchte ich noch kurz erwähnen, dass wir uns hier auf geschichtsträchtigem Boden befinden. Märtyrer Heinrich von Zütphen, ein glaubenstreuer Mann der das Evangelium in Dithmarschen einführen wollte, wurde hier 1524 erschlagen. Heute leben wir in seinem Sinn auch über den Tod hinaus."

Seinerzeit war ganz Heide dort gewesen. Heute war nur eine kleine Trauergemeinde erschienen, aber doch größer, als Peter-Johannes erwartet hatte. Wahrscheinlich wollten sich einige Neugierige persönlich davon überzeugen, ob es stimmte, dass der junge Ohloff seine Mutter erster Klasse bestattete.

Damals hatten sie sich nur ein Holzkreuz für das Grab des Vaters leisten können.

„Mutter, ich werde dir und auch Vater ein schönes Marmorkreuz auf das Grab setzen lassen", versprach er jetzt auf die hölzerne Kiste herunter.

Am Nachmittag saß Peter-Johannes allein in dem leeren Haus. Er hatte sein restliches Geld vor sich auf den Tisch gelegt und wunderte sich einerseits, dass er keine Reue über den Diebstahl fühlte und andererseits, dass noch niemand den Stockmeister oder den Landvogt nach ihm geschickt hatte. Vielleicht hatte der bestohlene Schmied den Verlust noch gar nicht bemerkt. Wenn der Schmied so viel Geld hatte, dass er nichts bemerkte, wäre der Diebstahl wohl auch nicht so schlimm. Oder er selbst war diesmal gar nicht in Verdacht geraten, was das Beste wäre. Wie auch immer. Er hatte genug Geld, um über den Winter zu kommen und würde in den nächsten Tagen beim Buchhändler Pauly Bescheid geben, dass er die Botengänge nicht mehr erledigen wollte.

*

Die bald folgenden Weihnachtstage erfüllten ihn mit erbarmungsloser Leere. So sehr vermisste er die Mutter, die an diesen Tagen immer alles besonders gemütlich hergerichtet hatte. Häufig hatte es einen Braten gegeben, mal eine Ente oder ein Huhn aus dem eigenen Stall. Und immer gab es Bratäpfel, die so lange auf dem Ofen vor sich hin brutzelten, bis das ganze Haus danach duftete. Und eine kleine Überraschung hatte auch immer am Heilig Abend an seinem Platz auf dem Küchentisch gelegen.

Die Tränen liefen ihm übers Gesicht. Weinkrämpfe schüttelten ihn. Plötzlich klopfte es energisch an der Tür. Dort stand Marten mit mitleidsvollem Blick.

„Peter-Johannes, meine Eltern bitten dich, zu uns herüberzukommen. Meine Mutter würde sich sehr freuen, wenn ich dich mitbringe, damit du heute am Heiligen Abend nicht so allein zu Hause sitzt. Komm, zieh dir die Jacke über und lass uns gehen."

Ohne lange zu überlegen, nahm der Jugendfreund die Jacke vom Haken an der Tür und stapfte mit gesenktem Kopf hinter Marten her.

Der Vater klopfte ihm freundschaftlich auf die Schulter. Sie hatten auf ihrem kleinen Tisch für ihn mit angedeckt und forderten ihn auf, beim Essen kräftig zuzulangen. Es gab einen kleinen Schweinebraten, Kartoffeln und Erbsen und Wurzeln, die Martens Mutter im Herbst eingelegt hatte. Natürlich war das kein Vergleich mit den Feiern, die er von zu Hause kannte, aber er war dankbar für die Gesellschaft und verspürte trotz aller Traurigkeit Appetit. Er langte also tatsächlich kräftig zu und durch das Essen besserte sich sein Gemütszustand erheblich.

Dass er für seine Mutter bei Pauly das neu erschienene Buch *Herbstblüten aus Wien* gekauft hatte, erzählt er hier nicht. Das wollte er als Erinnerung an seine Mutter selbst behalten und bei Gelegenheit auch lesen. Es war ein sehr teures Buch. Vier Mark und zwei Schillinge hatte er dafür bezahlt. Ein Teil des Geldes stammte noch aus dem Verkauf der Pfeife. Den Rest hatte er Schilling für Schilling ehrlich gespart.

Martens Vater fragte Peter-Johannes nach seinen Zukunftsplänen und als er hörte, dass der Freund seines Sohnes den sicheren Arbeitsplatz bei Pauly aufkündigen wollte, gab er den Rat: „Junge, halt deinen Posten fest. Du weißt doch, wie sehr die Armut um sich greift. Da gibt man keine Stelle auf."

„Ein Tag Arbeit, da reicht`s ohnehin hinten und vorne nicht", wandte er schüchtern ein. Aber der Alte wollte das nicht gelten lassen.

„Besser als nichts! Oder willst du im Armenhaus enden? Du weißt, wie es dort zugeht." An alle gewandt, meinte er: „In der Zeitung habe ich gelesen, dass jetzt weit über zehnmal mehr Leute von der Gemeinde versorgt werden müssen als vor zwanzig Jahren. Früher hatten wir nur ein paar Hand voll Arme, nun sind es über 300. Kein Wunder, dass immer mehr Pferdeschweife und Mähnen abgeschnitten werden. Man ist in Norderdithmarschen doch überhaupt nicht mehr sicher."

Peter-Johannes merkte mit klopfendem Herzen, dass es ihm schwer fiel ruhig zu bleiben. Den Landvogt belügen, den er nicht kannte, war das eine, aber diese Leute, die es gut mit ihm meinten? Das war etwas anderes. Und so schwieg er dazu, als Martens Vater fortsetzte: „Früher haben wir nie unsere Türen verriegelt. Aber jetzt stehlen die Hausierer und Bettler schon am helllichten Tag alles, was sie in die Hände kriegen können. Nee, mein Junge, halt mal deine Arbeit fest."

Aber sein Entschluss stand fest. Er würde bei Pauly aufhören.

Für den kommenden Sonnabend hatte er sich mit Marten verabredet. Jetzt, wo sie fast erwachsene Männer waren, wollten sie mal einen zünftigen Gang durch die Heider Gaststätten machen und das eine und andere Bier trinken.

Nachdem er die langen Weihnachtstage überstanden hatte, wachte er am Morgen des 27. Dezember früh auf, wusch und kleidete sich, versorgte die Tiere und griff sich den Korb seiner Mutter, um auf dem Markt Lebensmittel einzukaufen.
Käse aus der Wilstermarsch würde er heute nicht bekommen, weil die Wilsteraner Händler bei den Minusgraden nicht zum Markt kamen. Aber der heimische Käse war auch nicht zu verachten, und so kaufte er ein großes Stück, damit es für eine Woche reichen würde. Butter kaufte er recht günstig, das Pfund für zwölf Schillinge, bei einem Händler aus Heide. Es fehlte nur noch etwas Getreide für das Federvieh und dann hatte er seine Einkäufe erledigt.
Hier und da wurde ihm auf dem Markt das Beileid zum Tod seiner Mutter ausgesprochen, merkte er daran doch, wie angesehen sie im Ort gewesen war. Ab und zu wurde er aber auch allzu Neugierigen gefragt, wie er denn wohl eine so teure Beerdigung bezahlen konnte. Das hatten sie sich auf dem Friedhof noch nicht getraut. Auch ihr Neid machte ihn wütend. Er antwortete knapp: „Gespart."

Am Abend zog er dann mit Marten los. In der ersten Gaststätte, die sie am Markt aufsuchten, blieben sie den ganzen Abend, weil das Bier hier am besten schmeckte und nicht, wie bei einigen anderen Bierbrauern, mit Baumrinde oder Ochsengalle zum Bittern versetzt wurde. Der Wirt braute es selbst nach einem alten Rezept und zapfte es in hohe Kannen, die anderthalb Liter fassten. Sie tranken beide mehr von dem lauwarmen Getränk als sie vertrugen und binnen kurzer Zeit waren sie nicht mehr in der Lage, klar zu denken.

So alberten sie bald nur noch herum. Marten gab einen Witz zum Besten: „Sieben Büsumer Strandräuber sind in den Himmel gekommen und fangen dort gleich an zu streiten. Petrus würde sie gerne wieder loswerden. Dann klopft ein Heider ans Himmelstor. Petrus öffnet die Tür einen Spalt und fragt, woher er kommt. Aus Heide antwortet der. Petrus will ihn nicht in den Himmel lassen, weil er meint, dass Heider genauso schlimm seien wie Büsumer. Der Heider verhandelt und fragt Petrus, ob er ihn reinlassen würde, wenn er dafür sorgt, dass die Büsumer den Himmel freiwillig verlassen. Petrus lässt sich auf den Handel ein, und der Heider ruft: Schiff am Strand, Schiff am Strand! Eilig rennen die Büsumer zum Himmel raus und Petrus lässt den Heider hinein."

Sie erzählten sich die alten Dithmarscher Sprüche über Orte aus der näheren Umgebung. Peter-Johannes fing damit an: „In Linden ist nichts zu finden." Marten erwiderte: „In Pohlen is nix to holen." Als Peter-Johannes konterte: „In Lunden gibt's mehr Spitzbuben als Hunden", kriegte Marten sich vor Lachen gar nicht mehr ein.

„Lunden, Hunden, Mensch, Peter-Johannes, das heißt Lunn` und Huuu`, sonst hört sich das doch dumm an, es muss Plattdeutsch sein." Aus den Lachanfällen heraus konnte man nur noch die immer wiederholenden Worte Hunden und Lunden erkennen.

Plötzlich schlug Peter-Johannes jemand kräftig auf die Schulter. Als er sich umdrehte, erkannte er den widerlichen Trödler Hansen. Schlagartig war er wieder nüchtern, als der ihn ansprach.

„Na, Kumpel, wieder ein Großvater gestorben, den du unter die Erde trinken musst?" Hässlich lachend ging er in eine andere Ecke der Gaststätte.

Marten wollte wissen, woher Peter-Johannes diesen schmierigen Menschen kannte. Er erzählte etwas von zufällig mal bei einem Bauern unterwegs getroffen. Diese Erklärung reichte für Martens betrunkenen Kopf.

Hansen beobachtete die beiden jungen Männer. Zufrieden registrierte er, dass die Freunde ihre Kannen Bier immer abwechselnd bezahlten. Peter-Johannes fühlte sich unter diesen Blicken nicht wohl.

Einige Zeit später kam Hansen zurück. Er setzte sich kumpelhaft dazu, bestellte noch eine Kanne Bier auf seine Rechnung und forderte die jungen Männer nach einiger Zeit auf, doch mit in den Nebenraum der Gaststätte zu kommen, weil er ihnen dort etwas zeigen wollte.

Sie wankten hinter ihm her und verdutzt sahen sie zu, wie Hansen dreimal an die Tür klopfte und dahinter emsige scharrende Geräusche zu hören waren. Die Tür öffnete sich, sie betraten nacheinander einen fensterlosen Raum, in dem es unerträglich nach Pfeifenrauch und Bier roch. An einem runden Tisch saßen sieben Männer, die noch gut gefüllte Bierkrüge vor sich auf dem Tisch stehen hatten. Sie wurden gemustert und musterten selbst. Die Runde kam ihnen merkwürdig vor, aber wohl durch die Begleitung Hansens wurden sie freundlich begrüßt und aufgefordert, sich zu setzen.

„Na, Hansen, hast du junges Blut mitgebracht?"

„Ja, junges Blut mit Geld in den Taschen", verkündete er in die Runde.

„Die Tür bleibt zu und ihr haltet hoffentlich den Mund. Wenn ihr zu dem, was ihr gleich seht, nicht schweigt, blüht euch etwas."

Verunsichert, trunken, aber doch sehr neugierig, warteten sie, was jetzt kommen würde.

In Windeseile hatten die Männer die Bierkrüge vom Tisch auf den Boden gestellt, drehten die komplette Tischplatte um und hatten plötzlich einen Spieltisch vor sich. Eine Drehscheibe wurde aus einer kleinen Holzkiste, die in der Ecke stand, hervorgeholt und auf den Tisch gelegt. Auf dieser Drehscheibe waren Zahlen angeordnet. Ihnen wurde erklärt, dass sie mindestens eine Mark als Einsatz zahlen müssten.

„Wer die höchste Zahl auf der Drehscheibe richtig trifft, gewinnt den gesamten Einsatz", erklärte Hansen und ließ die Scheibe kreisen.

„Lasst die beiden Neuen ruhig gleich mitspielen", meinte einer der Anwesenden. Und ehe sich die beiden versahen, hatten sie eine Zahl genannt.

Marten war begeistert, Peter-Johannes hingegen misstrauisch. Ihm musste das Spiel erst noch genauer erklärt werden. Aber als er die erste Runde gewonnen und damit etliches Geld eingenommen hatte, fand er Gefallen daran. Er dachte: Das ist also die Lasterhöhle von Heide, in der die verbotenen Hasardspiele gespielt wurden, und nach der die Polizei schon so lange sucht.

Spät in der Nacht brachen alle auf, nachdem die jungen Männer, die dann doch einiges Geld verloren hatten, von Hansen eingeladen wurden, wiederzukommen.

Vorsichtig schlichen sie die Süderstraße entlang, um ungesehen in die Dohrnstraße einzubiegen zu können. Sie hatten, gegen die Vorschrift, keine Laterne und auch sonst kein brennendes Licht bei sich. Wenn der Nachtwächter sie so aufgriffe, müsste er Meldung beim Kirchspielschreiber machen, und das hätte Verhör und Strafe wegen nächtlichen Herumtreibens zur Folge. Danach war beiden natürlich nicht zumute. Sie kamen unbemerkt bis zu ihren Wohnhäusern, wo Peter-Johannes ohne seine Kleidung abzulegen, müde ins Bett fiel.

*

Der nächste Morgen begrüßte ihn mit quälenden Kopfschmer-
zen, die sowohl von den Unmengen Bier, als auch von der
schlechten Luft des gestrigen Abends hervorgerufen wurden.
Trotz der Schmerzen versorgte er pflichtbewusst zuerst die Tiere im Stall, um sich dann selbst eine Gerstengrütze zu kochen.
Dabei zählte er sein Geld und stellte ärgerlich fest, dass er fast
einen ganzen Taler verspielt hatte. Aber das sollte ihn heute
nicht weiter stören, befand er. Er war sicher, beim nächsten
Spielabend den Verlust wieder wett zu machen. Aber jetzt war
erst einmal Sonntag und er fühlte sich verpflichtet, in die Kirche zu gehen, weil der Pastor der Gemeinde mitteilen würde,
dass seine Mutter vor einigen Tagen gestorben war. So geschah
es immer, weil jeder Bürger das Recht hatte, zu erfahren, wenn
es eine Geburt, eine Hochzeit oder einen Todesfall in der Gemeinde gegeben hatte.
Nach dem Gottesdienst schlenderte er aus alter Gewohnheit
einmal um den Markt. In Höhe der Norderstraße kam Hans
Hansen auf ihn zu. Dem ersten Impuls folgend, wollte Peter-
Johannes abrupt umkehren, blieb dann aber stehen, um zu hören was er von ihm wollte.
„Na, mein Jung, alles gut überstanden? Könntest mir einen Gefallen tun. Ich muss bei Wesseln heute Abend einen Jungbullen
abholen und könnte deine Hilfe brauchen. Gibt auch eine Mark
dafür."
Er kämpfte mit sich. Einerseits wollte er mit dem schmierigen
Mann nichts zu tun haben, anderseits gab es etwas zu verdie-
nen und außerdem hatte Hansen Marten und ihn gestern in die
Hasardrunde eingeführt. Mit gemischten Gefühlen sagte er zu.
Die Verabredung wurde für den folgenden Abend um sechs
Uhr getroffen. Dass es dann schon dunkel sein würde, kam Peter-Johannes erst viel später merkwürdig vor.

75

Als er zum verabredeten Zeitpunkt bei Hansen ankam, hatte dieser schon sein altes Pferd vor einen kleinen Wagen gespannt, forderte ihn auf, sich neben ihn vorn auf den Bock zu setzen und trabte langsam aus dem Ort hinaus.

Der Frost hatte etwas nachgelassen, der Himmel war wolkenverhangen und es lag Schnee in der Luft. Dennoch war es wegen der weißgefrorenen Landschaft nicht ganz dunkel. Die Feldwege waren noch immer eisig hart gefroren und die Huftritte des Pferdes und das Rumpeln des Wagens waren nicht gerade leise. Aber um die Uhrzeit und bei der Kälte waren keine Menschen auf den Wegen zu sehen.

Sie kamen an einen abgelegenen Hof, neben dem sich ein abseits stehendes Stallgebäude befand. Hansen hielt davor, nahm ein langes Messer aus der Tasche und ging auf den Stall zu. Dort hebelte er, indem er die Messerklinge zwischen Tür und Lehmmauer schob, den Haken, der von innen angelegt war, hoch. Die Verriegelung sprang auf. Das kam Peter-Johannes nun doch recht merkwürdig vor.

„Sagen Sie mal, Herr Hansen, wo ist denn der Bauer? Warum öffnet der nicht und übergibt uns das Bullkalb?"

„Der ist zu einer Geburtsfeier. Der weiß Bescheid. Nun mach mal, dass du reinkommst, sonst erfrieren hier wir noch." Damit zog er ihn in Stall. Einige der wiederkäuenden Kühe begannen aufzustehen und muhten. Hansen zog einen Flachsstrick aus der Tasche und zeigte auf ein kräftiges Bullkalb.

„Schnell die Beine zusammenbinden", sagte er und griff sich das Tier, das sich heftig zur Wehr setzte. Die beiden kräftigen Männer hatten dem Kalb die Beine schnell gefesselt und Hansen band ihm einen Strick um das Maul, damit es schwieg. Peter-Johannes fand die Situation immer obskurer und wünschte sich von diesem Geschehen weit weg.

„So jetzt auf den Wagen mit dem Tier und ab nach Hause."

Peter-Johannes nahm das Kalb, indem er links und rechts die Beine umfasste. Er hievte das Tier auf den mit Stroh ausgelegten Wagen und setzte sich auf den Bock. Unterdessen zog Hansen die Stalltür fest zu, ohne sie wieder zu verriegeln. Eilig setzte er sich neben Peter-Johannes und ließ das Pferd vom Hof traben.

Wieder in Heide angekommen, verabschiedete Hansen ihn mit den Worten: „Hast gut geholfen. Wenn du morgen vorbeikommst, kannst du dir deinen Lohn abholen. Halt aber die Klappe über den heutigen Abend. Sonst tust du dir selbst keinen Gefallen!" Damit stand Peter-Johannes grübelnd an der Marktnordseite und sah hinter dem davonfahrenden Pferdewagen her.

Heftiger Schneefall hatte eingesetzt. Die Kälte ließ jedoch spürbar nach. Er fühlte sich ausgenutzt. Er hatte Hansen vertraut. Hatte geglaubt, dass das Bullkalb für einen Kunden angekauft wurde und er ein bisschen Geld ehrlich verdienen konnte. Jetzt war er durch Hansen in eine arge Diebesangelegenheit verwickelt worden. Er war wütend auf sich.

Kein Mensch würde glauben, wie naiv er in die Situation hineingeraten war. Der Landvogt war das eine, dem mochte man mit Glück entrinnen. Einem Haufen aufgebrachter Bauern mochte er nicht begegnen. Immer wieder hörte man in letzter Zeit von Selbstjustiz.

Der nächste Tag gab ihm Recht.

Auf dem Weg zu Pauly, dem er seine Kündigung vortragen wollte, hörte er Leute aufgeregt davon erzählen, dass in Wesseln schon wieder ein Kalb gestohlen worden war, und das sogar aus einem verschlossenen Stall.

„Die Obrigkeit sieht zu und unternimmt nichts gegen dieses Diebesgesindel!", empörte sich einer.

„Bei dem Schneefall letzte Nacht gibt es nicht einmal mehr Spuren", hörte er von einem anderen. „Aufhängen sollte man die Gauner!"

Ihm war ganz elend zumute, er wurde auch immer aufgebrachter gegen Hansen. Er nahm sich vor, das letzte Mal ausgenutzt worden zu sein. Ab sofort wollte er andere Seiten aufzuziehen. Ab jetzt wollte er bestimmen, wohin der Weg führte. Bevor er zu Pauly ging, wollte er das geklärt haben.

Rundherum sah der Ort wie in Watte gepackt aus, der Schnee glitzerte im Sonnenlicht, und alles wirkte friedlich und still. Aber er hatte kein Auge dafür. Zornig stapfte er weiter.

Beim Trödelladen angekommen, stob er hinein und rief energisch: „Hansen, du Mistkerl, komm raus hier, ich hab mit dir zu reden!"

Verdutzt kam Hansen aus seiner hinter dem Verkaufsraum liegenden Wohnung und staunte nicht schlecht, einen völlig veränderten Ohloff vor sich zu sehen. Es entstand ein heftiger Wortwechsel zwischen den Beiden, wobei Peter-Johannes unter Androhung einer gehörigen Tracht Prügel einen halben Anteil an dem Verkaufserlös für das gestohlene Kalb einforderte.

„Deinetwegen bin ich zu einem Dieb geworden. Du wusstest doch ganz genau, was bei der Aktion für mich auf dem Spiel stand. Mindestens ein mehrjähriger Aufenthalt in Glückstadt oder Itzehoe wäre auf mich zugekommen, wenn sie uns gestern Abend erwischt hätten."

„Nun regt dich mal nicht so auf", entgegnete Hansen beschwichtigend, „uns hat schließlich keiner gesehen. Du bekommst zwei Mark von mir und dann ist gut."

„Pah, zwei Mark. Das kommt gar nicht in Frage! Die Hälfte von dem Geld! Wenn ich nämlich zum Landvogt gehe und dich melde, passiert mir bestimmt gar nichts. Dem würde ich dann erzählen, wie du so getan hast, als sei das ein ganz normales Geschäft, bei dem du nur meine Hilfe bräuchtest. Deinen Laden würde die Obrigkeit sicher mit Vergnügen mal auseinandernehmen."

Hansen spürte, dass Peter-Johannes es ernst meinte, blieb aber geschäftlich.

„Sei doch mit den zwei Mark zufrieden. So viel Arbeit war es doch gar nicht."

„Nein, Hansen, ich will die Hälfte. Schließlich habe ich das Kalb auf den Wagen gehoben. Ich hatte mehr Arbeit als du."

Endlich ließ sich Hansen auf die Forderung ein.

„Einige Tage wird es aber dauern, bis ich dir das Geld geben kann. Mein Kunde zahlt erst Donnerstag und bis dahin musst du warten."

Damit war er einverstanden. Hansen, der den jungen Mann nun ganz auf seine Seite ziehen wollte, schlug vor: „Wenn ich demnächst Aufträge erhalte, kannst du doch wieder mitmachen. Du hast doch jetzt gesehen, wie leicht du bei mir Geld verdienen kannst. Ein Pferd ist dann bestimmt auch bald drin. Du redest doch immer davon. Ich höre mich auch mal nach einem um."

Peter-Johannes fühlte sich schlagartig erwachsen und verließ den Trödler zufrieden. Seine Wut war verschwunden, er hatte sich durchgesetzt. Für das Kalb würde er sechs Taler erhalten. So viel Geld hatte er noch nie auf einmal verdient. Auch beruhigte es ihn, dass Hansen noch nie ergriffen worden.

So würde es jetzt also laufen. Kurz dachte er an seine verstorbenen Eltern. Sie wären entsetzt gewesen, wenn sie ihn so erlebt hätten, aber er schüttelte den Gedanken schnell wieder ab. Jetzt fing etwas Neues an. Er sah vergnügt in die Zukunft.

*

Den Winter konnte er durch das Geld von Hansen ganz gut überleben. So oft er Gelegenheit dazu hatte, schnitt er Pferden, die vor den Häusern angebunden waren, die Schweife oder Teile der Mähnen ab, um sie bei seinem Geschäftspartner gegen einige Schillinge einzutauschen.

Oft ging er zu den Spielen in die Lasterhöhle am Markt. Völlig betrunken und um einige Mark ärmer, kam er dann zu Hause an.

Er hatte nun keine geregelte Beschäftigung mehr und es interessierte ihn auch nicht. Allein in seinem Haus sitzend, dachte er oft an die schöne Zeit mit seinen Eltern zurück. Wie sie im Sommer gemeinsam vor dem Haus gesessen hatten, manchmal hatte die Mutter sogar Kuchen gebacken. Pflaumenkuchen mochte er am liebsten, aber auch ihr Apfelkuchen schmeckte ihm. Aber wenn er sich vorstellte, sie seien noch da, saß er niedergeknickt und starrte die Wände an, er starrte und starrte. Er schämte sich vor seinen Eltern.

Zwar konnte er in der Kneipe teilweise interessante Gespräche führen, hier und da auch mal einen Witz machen, oder über die Scherze anderer lachen, aber eigentlich wusste er nicht genau, was um ihn herum geschah. Nichts berührte ihn wirklich.

Sein Haus verkam mehr und mehr. Sich selbst vernachlässigte er auch zunehmend. Nur die Tiere versorgte er aus alter Gewohnheit. Stets hatten sie einen sauberen, mit frischem Stroh ausgelegten Stall, genügend Futter und Wasser.

Seinen zwanzigsten Geburtstag hatte er mit sich allein und anschließend in der Gaststätte mit einigen lauwarmen Litern Bier gefeiert, wenn man das so nennen kann.

Von Hansen kam in diesen Wintermonaten kein neuer Auftrag und so reihte sich ein öder Tag an den nächsten.

Der Frühling zog ins Land, die dunkle Jahreszeit war vorüber. Die Tage wurden heller, das Gras wuchs und die ersten Märzenbecher und Narzissen blühten bereits. Doch Peter-Johannes nahm diese Veränderungen noch nicht wahr.

Eines Sonntags im März stand Marten in der Tür. Entsetzt über den Zustand der Wohnung und den seines Freundes, setzte er sich an den schmuddeligen Küchentisch und sprach ernst zu ihm.

„Peter-Johannes! So geht es nicht weiter. Lass dich doch nicht so gehen. So wie du jetzt aussiehst, würd ich mich nicht mit dir auf der Straße zeigen wollen. Außerdem stinkst du. Wasch dich, Mensch, jetzt reiß dich mal zusammen und komm zu dir." Mit festem Griff zerrte er ihn vom Stuhl und schüttelte ihn kräftig. Das zeigte Wirkung. Die Worte seines Freundes erreichten ihn endlich.

„Jetzt, wenn es wärmer wird, gibt es doch auch wieder Arbeit. Kümmere dich darum, du wirst doch sonst ganz stumpfsinnig", meinte Marten noch.

„Du, ich glaube du bist genau zur richtigen Zeit gekommen, wenn ich mich hier umgucke." Er hatte das Gefühl, wochenlang fort gewesen zu sein. Mit Überraschung und Ekel wurde ihm sein eigener Zustand und der seiner Wohnung bewusst. Alles sollte so schnell wie möglich anders werden.

„Na, denn mach mal jetzt, dass du voran kommst. Ich komme bald wieder vorbei."

Damit verabschiedete sich Marten.

Martens Besuch hatte ihn belebt. Er fühlte sich wie aus einem langen Schlaf erwacht.

Am gleichen Nachmittag nahm er die Dracht, eine Holzstange, an dem zwei Eimer links und rechts an Ketten hingen, ging damit zur Pumpe vor dem Haus, füllte beide Eimer drei Mal und erhitzte das Wasser in großen Kupferkesseln auf der Feuerstelle. Dann befüllte er den Holzzuber und badete. Fast hatte er vergessen, wie gut es tat, in dem warmen Wasser zu sitzen und sich immer wieder einzuseifen.

Was sich an Schmutzwäsche angesammelt hatte, warf er anschließend in sein Badewasser und schrubbte alles sauber. Dann hängte er die Wäsche in der Küche über eine schnell gespannte Leine auf. Das Badewasser schöpfte er mit Eimern in den Hof, wo er es über die Blumen goss, die noch von seinen Eltern gepflanzt waren. Er wollte keinen Tropfen Wasser vergeuden, so hatte seine Mutter es auch immer gehandhabt. Jetzt erst nahm er auch die Blumen wahr.

Zuletzt griff er sich den Reisigbesen und kehrte den angesammelten Dreck aus der Wohnung zum Hof hinaus.

Am folgenden Tag machte er sich auf den Weg zum Barbier in der Österstraße. Sein Vollbart musste runter und auch die Haare wurden wieder kurz. Glücklich gönnte er sich danach in einer Gaststätte ein kräftiges Mittagessen. Gebratenes Lamm mit Spinat.

Auf dem Rückweg begegnete ihm der Kräuterhändler Nissen, der wieder auf der Suche nach leerstehenden Dachböden war. Er vereinbarte mit ihm eine etwas höhere Miete als im Vorjahr und sicherte dem Händler zu, auch wieder selber zu sammeln.

Zufrieden mit den Verhandlungen hatte er jetzt noch keine Lust, nach Hause zu gehen und schlenderte deshalb Richtung Ostpool, einem Regenrückhaltebecken.

Dort wollte er nach den Fuhrleute schauen. Sie fuhren oft mit dem Pferdgespann quer durch den Teich, um Pferde und Wagen in einem Durchgang zu reinigen. Hierbei wurde Hilfe immer gern angenommen. Mitunter streikten die Zugtiere nämlich mitten im Pool und gingen keinen Schritt weiter. Sie waren dann kaum allein aus dem Wasser zu bringen. Vereinzelt hatten sich auch Wagen in dem schlammigen Grund festgefahren und mussten mit vereinten Kräften wieder herausgezogen werden. Ein paar Schillinge sprangen für die Helfer immer heraus. Heute war aber nichts zu tun. Kein Pferdegespann war da. Peter-Johannes spazierte deshalb über die Österweide, durch die angrenzende Flöhstraße, vorbei an der alten Baumbepflanzung Richtung Schwanenteich.

Hier legte er sich ins Gras, um sich ein wenig von der Sonne wärmen zu lassen. Um diese Jahreszeit waren selten Gerber mit ihren Fellen hier, weil noch nicht so viel geschlachtet wurde. Heute war deshalb die Luft gut.

Zwei Schwäne sah er am anderen Ende des Teiches langsam auf dem Wasser schwimmen. Er setzte sich und schaute ihnen eine Weile zu. Erinnerungen an seine Kindheit wurden wach. Hier hatten sie als Kinder gerne Verstecken gespielt. Das hölzerne, wie ein kleines Schloss aussehende Schwanenhaus, das mitten im See auf einer kleinen Insel für die Tiere aufgebaut worden war, weckte seine Aufmerksamkeit. Dort hatte sich keines der Kinder je hingetraut. Ein Schwan hieß es, könne einem mit einem Flügelschlag den Arm brechen. Ein schmaler Holzsteg führte von der Wiese dorthin. Das geschmiedete, verzierte Gitter vor dem Eingang zum Häuschen sollte zusätzlich unerlaubtes Betreten der Insel verhindern. Ehe Peter-Johannes noch selbst wusste warum, schritt er vorsichtig über den Steg, um das Häuschen aus der Nähe zu betrachten. Die Schwäne waren weit genug entfernt mit der Futtersuche beschäftigt. Der Steg war morsch und ein wenig rutschig, aber er kam trocken am Häuschen an. Vorsichtig trat er näher heran, schaute in das Innere und sah, dass es mit etwas Stroh und einigen Ästen ausgelegt war.

Er ging vorsichtig zurück, setzte sich wieder ins Gras, schaute sich um und stellte fest, dass weit und breit niemand zu sehen war. Also konnte ihn wohl auch niemand beobachtet haben. Den Kopf in die Hände gestützt dachte er nach. Dieses Schwanenhaus könnte ein gutes Versteck für einen eventuellen Notfall abgeben. Es war Platz genug, um sogar etwas größere Stücke unterzubringen. Ein Problem könnte nur in der Brutzeit der Schwäne auftreten, wenn die Tiere sehr aggressiv auf Störungen reagierten. Aber egal, für den Notfall wäre hier ein sicheres Versteck für ihn vorhanden.

Gedankenversunken machte er sich auf den Heimweg. Diesmal ging er Richtung Westen, durch die Sempstraße, die an die Norderstraße angrenzte. Er überlegte, dass ein kurzer Besuch bei Hans Hansen nicht schaden könne. Er fand den Trödler in hitziger Verhandlung mit einem ihm unbekannten Mann vor. Hier erfuhr er, dass Hansen für einen feilgebotenen großen Spiegel, der mit einem geschmackvoll verzierten Holzrahmen versehen war, nur fünf Mark bezahlen wollte. Der Kunde war aber der Meinung, übers Ohr gehauen zu werden. Im Ankauf hatte er über einhundert Mark bezahlt. Hansen, ein zäher Verhandler, hielt dem Kunden zunächst die fünf Mark hin. Der forderte zwanzig, worauf Hansen noch zwei Mark dazulegte und ihm entgegenstreckte. Nach einigem hin und her einigten die beiden sich auf zehn Mark, die auch gleich ausgezahlt wurden. Peter-Johannes beobachtete das Geschehen schmunzelnd. Er erinnerte sich an seinen ersten Aufenthalt in diesem Gebäude. Nachdem der Mann den Laden verlassen hatte, spuckte Hansen sich in die Hände, lachte und erzählte, dass es sich bei dem Kunden um einen guten Bekannten aus Meldorf handelte, der ihm schon einige Male etwas vorbeigebracht hatte.

„Für den Spiegel kann ich bestimmt vierzig Mark verlangen. Das war schon jetzt ein gutes Geschäft. Gut, dass du gerade vorbeikommst, mein Junge."

Er zog ihn beim Sprechen mit in den Hinterraum, der noch stärker bestückt war, als Peter-Johannes es vom letzten Mal in Erinnerung hatte.

„Morgen Nachmittag hätte ich eine Lieferung Tuch nach Hemmingstedt zu bringen. Kannst mein Pferd und den Wagen nehmen. Ist zu viel Ware, um sie zu Fuß zu liefern und mit der Handkarre würde es lange dauern. Gibt zwei Mark für dich. Na, schlägst du ein?"

Er überlegte nicht lange. Endlich konnte er einmal allein mit Pferd und Wagen unterwegs sein!

Am nächsten Nachmittag, als er bei Hansen ankam, war der Wagen bereits beladen, das Pferd eingespannt. Er erhielt eine eine kurze Wegbeschreibung, schon ging es los.

Über die Westerweide und Gastwurth lenkte er sein Gespann Richtung Meldorf. Das Wetter war schön, die Wege trocken und passierbar. Vergnügt pfiff er leise vergnügt vor sich hin.

Die fünf Kilometer Wegstrecke hatte er im leichten Zotteltrapp schnell hinter sich gebracht. Unterwegs sah er Bauern und deren Helfer bei der Feldarbeit und bedauerte sie wegen ihrer anstrengenden Arbeit. Auf seinem Wagen fühlte er sich wie auf einem Thron.

In Hemmingstedt fand er das angegebene Haus in der Dorfstraße sofort. Die Wegbeschreibung war exakt gewesen war. Ein großer Hof, reetgedeckt, das Hofgrundstück mit einer Haselnusshecke eingefasst und ein Storchennest auf dem Dach.

Im Garten vor dem Haus stand eine junge Frau, die gerade die Federbetten hereinholen wollte, die zum Lüften über der Hecke lagen. Neugierig fragte sie, es war die Dienstmagd, was er

85

denn wolle. Als er sein Anliegen vortrug, sagte sie, sie wisse Bescheid und er könne um die Ecke herum schon mal auf den Hof fahren und möge abladen, sie würde gleich dazu kommen. Gekonnt lenkte Ohloff Pferd und Wagen um die enge Kurve und hielt neben der Küchentür, die weit offen stand. Er sprang vom Bock, lud die Stoffballen ab und trug sie in die Küche. Gleich fiel ihm ein Hammer auf, der in der Ecke neben der Tür lag. Er nahm ihn schnell an sich, versteckte ihn im Wagen und holte den nächsten Stoffballen herein. Als die Dienstmagd schließlich in die Küche kam, hatte er schon alles ausgeladen und nebenbei noch einen silbernen Löffel eingesteckt, den er auf dem Küchenschrank gefunden hatte. Ein schlechtes Gewissen hatte er überhaupt nicht mehr. Im Gegenteil, er überlegte, was Hansen ihm wohl zahlen und wie er doch staunen würde. Er wusste, dass sich in diesen Zeiten alles zu Geld machen ließ. Außerdem dachte er: Wenn die Leute so leichtsinnig Sachen herumliegen lassen, haben sie selber Schuld.

Die von dem Dienstmädchen angebotene warme Milch lehnte er dankend ab und machte sich umgehend auf den Rückweg, bevor Gelegenheit bestand, den Diebstahl noch in seiner Anwesenheit zu bemerken.

Zurück bei Hansen, wo er das Pferd ausspannte und es im Stall versorgte, zeigte er seine Mitbringsel. Hansen schlug ihm vor Begeisterung auf die Schulter und meinte: „Dass du so ein gerissener Hund bist, hätte ich nicht gedacht. Also, für beide Teile zusammen gebe ich dir vier Mark. Mit deinem Lohn für heute macht das sechs. Mach bloß weiter so, mein Junge, mach bloß weiter so!"

Peter-Johannes war zufrieden mit seiner Einnahme und kalkulierte ernsthaft, wann er sich ein Pferd leisten könnte. Allzu lange würde es wohl nicht mehr dauern, weil er jetzt sein Geld besser zusammenhielt.

Hansen fragte ihn, ob er nicht Lust hätte, ihn auf einer Fahrt nach Hademarschen zu begleiten.

„Ich muss da wieder mal Katzen kaufen", erklärte er. „Die Mäuseplage nimmt in diesem Jahr überhand und die Kirchspielschreiberei zahlt ganz gut für eine solche Lieferung. Wie ich hörte, ist die Bestellliste schon wieder sehr lang."

Natürlich wollte Peter-Johannes ihn gern begleiten. In dieser Gegend Schleswig-Holsteins war er noch nie gewesen.

Er selbst hatte sich noch keine Katze bestellt, weil fast alle Nachbarn eine hatten. So brauchte er sich nicht auch noch um ein weiteres Tier zu kümmern. Das Problem mit den gekauften Katzen war, dass die meisten von ihnen nach kürzester Zeit wieder zurück in die Heimat liefen. Nur dort, wo zusätzlich gefüttert wurde, blieben sie.

Auf der Fahrt nach Hademarschen genoss er die fremde Gegend. Mal war es hügelig und dicht mit Bäumen bewachsen, mal war der Blick frei und die Landschaft wechselte mit Heidekraut, Mooren und Wäldern. Der Wagen polterte über die unebenen Wege. Er sackte auch zwischendurch mal an schrägen Hanglagen zur Seite ab. Aber das Pferd war geschickt, es wich den meisten Weglöchern aus. Nach gut zwei Stunden hatten sie das Ziel, den dortigen Kirchspielvogt, erreicht. Sie wurden schon erwartet, weil die schriftliche Katzenbestellung bereits von einem Boten eingereicht worden war.

Die armen Kreaturen waren bereits in Säcke gesteckt worden und schrien und miauten kläglich in ihren Säcken. Hansen lud sie zunächst behutsam auf den mit Stroh ausgelegten Wagen. Dabei fluchte er immer wieder heftig, weil die Krallen der Katzen durch die Säcke hindurch seine Hände zerkratzten. Nach zwei Säcken wurde es ihm zu bunt und er schmiss die restlichen mit Schwung auf den Wagen. Das Klagen der Katzen interessierte ihn nicht sonderlich.

Fünf Säcke mit je fünf Katzen hatten sie geladen. Peter-Johannes stand die ganze Zeit neben dem Wagen und schaute zu. Unerträglich, wie Hansen mit den Tieren umging! Einzugreifen traute er sich aber nicht. Er lenkte sich damit ab, sich an einen Zeitungsartikel zu erinnern, in dem er etwas über die Bezeichnung für Sack in verschiedenen Sprachen gelesen hatte. Sack hatte in vielen Ländern eine ähnliche Schreibweise. In Frankreich hieß es - le saque, in England – the sack, - in Spanien – el sakko, - und in den nordischen Ländern – Sacken.

Endlich waren alle Säcke aufgeladen. Das Geld für die Katzen wurde von Hansen an den Kirchspielvogt gezahlt. Sofort traten sie den Rückweg an.

Mit der schreienden Meute auf dem Wagen war die Fahrt kein Vergnügen und eine Unterhaltung kaum möglich. Er wunderte sich, dass die Tiere so eine Ausdauer mit dem Jammern hatten. Er hatte gehofft, dass sie nach kurzer Zeit ruhig sein würden. Über Albersdorf und Nordhastedt ging die Fahrt zurück nach Heide. Unterwegs machte Hansen ihn hin und wieder auf abgelegene Höfe aufmerksam, in denen es, wie er sich ausdrückte, wohl etwas zu holen gäbe.

Endlich in Heide angekommen, wurden die Katzen sogleich an die Adressaten auf Hansens Liste ausgeliefert.

Das fand Peter-Johannes noch viel schlimmer als das Verladen der Katzen. Hansen nahm einen der Säcke, öffnete ihn, griff beherzt zu, bekam eine Katze im Nacken zu fassen und warf sie auf die Erde, wo sie zu Füßen des neuen Besitzers zunächst völlig benommen sitzen blieb. Sofort ging es dann zur nächsten Adresse und so weiter, bis alle ausgeliefert waren.

Müde von dem anstrengenden Tag und den jaulenden Katzen, setzte Hansen seinen Begleiter am Marktplatz ab. Lohn stand

ihm nicht zu, er war ja nur auf Lehrfahrt mitgewesen. Katzen-
lieferungen wollte er aber nach der heutigen Erfahrung niemals
ausführen.

An sein Geld würde er schon auf angenehmere Weise kommen.
Plötzlich kam er auf den Gedanken, seine beiden Schweine zu
verkaufen. Die machten ohnehin nur Arbeit und Dreck. Außerdem konnte er zusammen mit dem Ersparten von dem Erlös ein
Pferd erstehen, welches dann auch gleich Platz in dem Schweinestall haben würde. Diese Idee beflügelte ihn und er überlegte
schon mal, wie hoch er den Preis für die Schweine ansetzen
wollte. Wohlgenährt und gesund waren sie und sollten wohl
pro Tier zehn Mark bringen.

Am darauf folgenden Samstag machte er sich mit den Tieren
früh auf den Weg zum Markt. Den Schweinen hatte er jeweils
einen Strick um eines der Hinterbeine gebunden, damit sie
nicht weglaufen konnten. Die Strickenden hatte er in der einen
Hand, in der anderen zwei Äpfel, mit denen er für ein schnelle-
res Vorwärtskommen sorgen wollte. Einmal vor die Schnauze
gehalten, wären sie gierig genug, dem Lockmittel hinterherzu-
laufen.
Die kurze Strecke war auf diese Weise schnell bewältigt.
An der Markt-Südseite gesellte er sich zu anderen Schweine-
händlern. Seine Tiere fanden schnell Aufmerksamkeit. Käufer
lobten den guten Zustand, aber den Preis, den er vorschlug,
wollten sie nicht zahlen.
Am späten Vormittag jedoch wurde Peter-Johannes mit einem
Schlachter endlich handelseinig. Ein Handschlag besiegelte
den Kauf. Neun Mark pro Tier. „Das gibt gute Wurst", meinte
der Schlachter im Weggehen.
Ohloff, nur einigermaßen zufrieden mit dem Verkaufserlös,
spazierte zu den Pferdehändlern.

Allzu viele Pferde wurden gerade nicht angeboten. Die meisten Stuten waren jetzt hoch trächtig und wurden auf den Höfen gelassen. Fohlen gab es zwar einige, aber da es nur Jährlinge waren, kamen sie nicht in Frage. Er suchte schließlich ein Reitpferd.

Nervös scharrte ein Wallach mit den Hufen. Groß und kräftig hob sich das dunkelgraue Tier von den anderen Pferden ab. Er schnaubte und warf den Kopf, sodass die Leute einen Bogen um dieses Pferd machten. Niemand zeigte ein Kaufinteresse. Auf Peter-Johannes neugierige Frage nach dem Preis bekam er zu hören, dass das Tier weggegeben werden sollte, weil es den vorherigen Besitzer ständig abgeworfen hatte und sich vor keinen Wagen spannen ließ. Es wurden ihm vierzig Mark genannt, was sicher für Aussehen und Gesundheitszustand angemessen, für das Verhalten des Pferdes aber unverschämt hoch erschien. Er versuchte zu handeln, erhielt aber eine Abfuhr von dem Verkäufer. So ließ er den Händler erst einmal stehen.

Sein Weggehen würde den Preis sicher noch drücken. Hoffentlich gab niemand in der Zwischenzeit ein höheres Gebot ab! Den Preis konnte er ohnehin nicht bezahlen und machte sich deshalb auf den Weg zu Hansen. Der war samstags immer in seinem Trödelladen, weil viele auswärtige Kunden das eine oder andere Schnäppchen bei ihm schlagen wollten.

Er berichtete Hansen von dem Pferd, erzählte auch, dass er nur fünfunddreißig Mark hatte und bat um eine Leihgabe von fünf Mark, falls der Pferdehändler hart blieb. Hansen, der ihm mitteilte, dass er schon gute Geschäfte gemacht hätte – „Selbst den Spiegel hab ich heute für achtunddreißig Mark verkauft!" - willigte ein und überreichte ihm feierlich das Geld.

Zufrieden suchte Peter-Johannes wieder den Pferdehändler auf. Der Wallach stand noch dort!

Jetzt verhandelte er ernsthafter – „Dreißig Mark." - bot er – „Vierzig hatte ich gesagt", - schnauzte der Händler, als sie die Hände aufeinander schlugen, - „Einunddreißig und ich nehme ihn mit." – „Neununddreißig und du kannst ihn haben." Bei siebenunddreißig Mark schlugen sie endlich ein. Das aus Stricken gebundene Halfter bekam er noch drauf zu.

Er fühlte sich, als ob er schwebte. Freudestrahlend verteilte er an sein Pferd und eine Stute, die danebenstand, die beiden Äpfel. Er lehnte sich an die Seite des nun ihm gehörenden Pferdes, zog blitzschnell sein Messer aus der Hosentasche und hatte, ohne dass irgendjemand etwas mitbekam, der Stute den Schweif abgeschnitten.

In sich hineingrinsend wickelte er den Pferdeschweif schnell auf und stopfte ihn sich in die Tasche. Dann stellte er sich vor sein Pferd, das durch den Apfel etwas ruhiger geworden war, und griff in das Halfter.

Ein entrüsteter Ruf des Händlers ließ ihn kurz innehalten.

„Der Schweif ist ab! Das gibt es doch gar nicht! Wie kann das nur angehen! Verdammtes Diebesgesindel! Heh, Ohloff, hast du was mitgekriegt? Hast du einen gesehen, der sich an den Tieren zu schaffen gemacht hat?"

Er verneinte mit unschuldigem Blick und regte sich gemeinsam mit anderen Männern, die herbeiliefen, über die Dreistigkeit der Halunken auf. Absolut glaubwürdig in seiner Entrüstung. Wer gerade ein Pferd gekauft hat, war auf ein paar Schillinge wohl nicht angewiesen.

Als die Aufregung sich gelegt hatte, machte er sich auf den Weg nach Hause. Erstaunt stellte er fest, dass sein Grauer dabei keine Probleme machte. In der Dohrnstraße rief ihm ein alter Mann zu: „Mensch, Ohloff, hast die Schweine gegen ein Pferd getauscht? So dumm kann man doch wohl nicht sein. Willst das Pferd im Winter essen?" Er erwiderte freundlich lachend:

„Nein, Nachbar, nicht essen, zum Arbeiten gebrauchen. Bist wohl neidisch, was?", und marschierte mit geschwellter Brust weiter.

Er band das Pferd an einem Eisenring am Stall fest, holte Wasser aus der Pumpe, und warf ihm einen Arm voll Heu hin.
Anschließend reinigte er den Schweinestall, füllte ihn mit frischem Stroh und führte das Pferd in den jetzt recht geräumigen Stall.
Mit einer alten Bürste, die er aus der Küche holte, striegelte er es, so gut es ging. Er redete unentwegt mit dem Wallach und überlegte dabei, wie er ihn nennen sollte. Fritz und Hans hießen so viele Pferde, diese Namen kamen schon deshalb nicht in Frage.
„Du bist so dunkelgrau, wie ich selten ein Pferd gesehen habe. Du brauchst einen besonderen Namen." Die Fellfarbe, das war es, Kein Pferd hießt Grauer!
„Grauer, so sollst du heißen, mein Lieber."
Und als der Wallach wegen des Striegelns leise schnaubte, nahm er es als Zeichen der Zustimmung.
Vollauf zufrieden, machte er sich auf den Weg zu Hansen, um seinen Erfolg zu vermelden und ihm schon mal die übrigen drei Mark zurückzubringen. Den abgeschnittenen Pferdeschweif nahm er mit. Auch wollte er sehen, ob sich bei Hansen ein Lederhalfter und einen passenden Sattel fänden.
„Das Geld behalt man als Anzahlung für einen nächsten Auftrag. Zaumzeug kannst du dir hinten in der Ecke raussuchen. Aber einen Sattel habe ich nicht, den musst du dir woanders besorgen", meinte er und begleitete Peter-Johannes in den Nebenraum, in dem sich unter allerlei Gerümpel auch das Zaumzeug befand. Nach kurzer Suche fand Peter-Johannes etwas Brauchbares.

„Unter Freunden...", meinte Hansen und strich nur eine Mark dafür ein.

Hoch aufgerichtet, mit weit ausgreifenden Schritten ging er zurück in die Dohrnstraße, um sein Pferd zu betrachten und sich mit ihm vertraut zu machen. Er strich er dem Grauen über das Fell, über die Nüstern und immer wieder über den Rücken, damit er Zutrauen finden konnte.

Für sein friedliches Verhalten bekam er eine Wurzel. Wie sollte er an einen Sattel kommen, fragte sich Peter-Johannes, Stehlen oder Kaufen? Er entschied sich für Letzteres, weil die Leute ihn mit dem Pferd ja sehen würden und ein gestohlener Sattel wiedererkannt werden könnte.

Spätestens am nächsten Sonnabend brauchte er also wieder Geld. Im Moment sah er keine Möglichkeit es so schnell auf ehrliche Weise zu verdienen.

Der Abend war mild und warm und lud dazu ein, noch ein wenig durch den Ort zu schlendern. Die Gaststätten meidend, wanderte er quer über den Markt, über den Schumacherort zum Friedhof, wo er still zu seinen verstorbenen Eltern sprach. Er erzählte alles, was sich bisher zugetragen hatte. Ausführlich sprach er von dem Grauen und wie gut es ihm damit ging, sich diesen Wunsch erfüllt zu haben.

In sich gekehrt ging er den Weg über den Schumacherort zurück. Es war schummrig geworden und aus den Fenstern schien ihm das schwache Kerzen- oder Öllampenlicht entgegen. In dem Haus eines Schusters war es dunkel. Er blieb stehen, schaute sich um, sah nur am Ende der Straße zwei Männer, die sich, so schien ihm, angeregt unterhielten. Er ging um das Haus herum und stellte fest, dass auch hier alles ruhig und unbeleuchtet war.

Er drückte behutsam den Knauf der Hintertür runter. Sie öffnete sich leise. Er trat in den Hausflur, es roch angenehm nach

Leder. Er sah sich im Dämmerlicht um. Dort stand ein alter Lederkoffer zwischen einem hohen Schrank und einer Holztür. Schnell ging Peter-Johannes auf den Koffer zu, stellte fest, dass er unverschlossen war und öffnete ihn. Mehrere Besteckteile lagen darin. Er griff zu, hatte einige Teile in der Hand, steckte sie in die Jackentasche, stellte den Koffer zurück und machte, dass er wegkam. Sein Herz klopfte nun doch bis zum Hals. Dies war sein erster richtiger Einbruch.

So schnell es ohne aufzufallen ging, lief er durch den Schumacherort zum Schwanenteich. Rückwärts schauend stellte er fest, dass die Männer immer noch auf der Straße standen. Er hatte das Gefühl, dass einer von ihnen hinter ihm hersah, ging aber unbeirrt weiter. Am Schwanenteich war niemand zu sehen, selbst die Schwäne nicht.

Ohne lange zu überlegen, ging er über die Holzbohlen zum Häuschen, griff in seine Tasche und schaute noch einmal nach, was er ergattert hatte. Staunend stellte er fest, dass das Besteck aus Silber war. Kleine rote Steine, die er nicht zu benennen wusste, waren in die Griffe eingearbeitet. Drei Gabeln, vier Messer und vier Löffel, alle wunderschön. Behutsam legte er alles in eine Ecke des Schwanenhäuschens. Er war froh, dass keines der nicht ungefährlichen Tiere darin saß.

Der Heimweg führte ihn außen um den Ort herum, den Marktbereich mied er, dort mochte noch jemand unterwegs sein. Er kam am Schüttkoven der Westerweide vorbei. Er sah, dass darin ein Schaflamm stand. Vorsichtig öffnete er das Gatter, griff sich das Schaf, warf es sich über die Schulter und marschierte mit seiner Fracht zurück zur Norderstraße, um es gleich bei Hansen abzuliefern. Das Lamm hatte ein recht gutes Gewicht, verhielt sich aber still, was ihm den Transport erleichterte. Falls ihm jemand begegnete, würde er behaupten, er habe das Lamm gerade aufgegriffen und es in den Schüttkoven sperren wollen. Er traf jedoch keine Menschenseele und konnte sein Glück kaum fassen.

In der Norderstraße angekommen, lief er in Hansens Hinterhof, drückte mit dem Arm die Tür auf und rief nach dem Hausherrn, der verblüfft erschien.

„Mensch Ohloff, du wirst ja immer besser, wo hast du denn das Lamm her?"

Er berichtete und sprach auch von der anderen Beute. Allerdings erwähnte er sein Versteck vorsichtshalber nicht. Hansen war begeistert, sperrte das Lamm in den angrenzenden Stall und meinte, er würde es noch am selben Abend zu einem befreundeten Schlachter bringen. Eine Bezahlung sollte er erhalten, wenn er das Besteck ablieferte. Dann bat er Peter-Johannes, einen Becher Wein mit ihm zu trinken.

In herrschaftlichen, lederbezogenen Stühlen saßen sie sich an einem wackeligen Tisch in der Wohnstube entspannt gegenüber. Er schaute sich um. Ein so vollgestelltes Wohnzimmer hatte er noch nie gesehen. Abgesehen von dem Staub und dem Dreck, gab es recht interessante Dinge zu bestaunen. Etliche Gemälde schmückten die Wände, verschiedene Büsten („Das sind alte Griechen."), eine kleine Reiterfigur („Das ist der russische Zar, Peter der Große."), ergänzten den Luxus, verzierte Leuchter und zarte Figuren aus Porzellan standen auf einer Holzkommode aufgereiht.

„Erinnerungsstücke, die ich nicht verkaufen will", erklärte Hansen. „Aber erzähl mir mal deine Geschichte, mein Junge. Wie bist du eigentlich zu dem geworden, der du heute bist?"

Der Wein hatte Peter-Johannes redselig gemacht und so erzählte er auf diese merkwürdige Frage hin aus seiner Kindheit und Jugend.

„Ich hatte damals wie letztlich alle auf dem Markt angenommen, du wärst unschuldig", meinte Hansen, als sie bei der Geschichte mit den Äpfeln angekommen waren. „Aber bei der Sache mit Marten und den Pferdeschweifen, war ich mir nicht so sicher."

Hauptsächlich Hedwig beschäftigte Hansen.

„Das hab ich nie gemacht, anderen die Schuld für meine Taten aufgeladen", stellte er fest. „Auch Erpressung kommt für mich nicht in Frage. Wenn jemand mit dem Gesetz in Konflikt ist, werde ich mich an seinem Unglück nicht bereichern." Er hob trunken den Zeigefinger in die Luft. „Auch wenn es in Heide niemand glaubt, ich habe auch meine Ehre. Wenn es eine Gerechtigkeit gibt, wird Hedwig ihre Strafe in diesem Leben bekommen", lallte er rührselig.

Aber auch Hansen berichtete ein wenig über seine Vergangenheit. So erfuhr Peter-Johannes als erstes von der Schande dessen unehelichen Geburt. Die Mutter habe sich mit einem Soldaten eingelassen, der dann plötzlich verschwunden sei. Seine Kindheit hatte er bei einem Onkel verbracht, der ihn, wenn er betrunken war, ständig verprügelte. Die Schule hätte er kaum besucht und das einzig Gute sei, dass er den Trödlerladen geerbt hatte, als sein Onkel nach einem heftigen Besäufnis vom Pferd stürzte und sich das Genick brach.

Darin einig, dass sie beide schwere Schicksalsschläge hinter sich und eine bessere Zukunft verdient hätten, prosteten sie sich noch einmal zu.

„Uns erwischen sie nie. Wir werden unser Geld schon machen. Wir sind viel zu raffiniert für sie", verabschiedete Hansen seinen Kumpel bald. Es war recht spät geworden.

Um von den Nachtwächtern, die ab zweiundzwanzig Uhr ihren Dienst antraten, nicht ergriffen zu werden, beeilte Peter-Johannes sich, nach Hause zu kommen. Dort sah er zunächst nach seinem Grauen.

Alles war in Ordnung, das Pferd stand dösend da und gab ein leises Begrüßungsschnauben von sich.
Zufrieden ging er ins Haus, aß einen Apfel und machte sich für die Nacht bereit.

*

Am nächsten Morgen weckte ihn ein ohrenbetäubendes Klopfen an der Haustür. Er griff sich seine Hose, zog sie eilig über, wobei er fast stürzte, hastete zur Tür und öffnete. Zwei Amtsdiener standen davor und begehrten energisch Einlass.

„Was ist denn los, ihr Herren, was wollt ihr denn von mir?" Er bekam zu Antwort, dass eine Anzeige beim Landvogt gegen ihn geäußert worden sei. Sie seien wegen einer Hausdurchsuchung hier. Ihm werde zur Last gelegt, am gestrigen Abend am Schumacherort eingebrochen zu sein und Silberbesteck gestohlen zu haben. Zeugen hätten ihn genau beschrieben.Widerspruch sei zwecklos. Sie stießen ihn zur Seite und drangen ins Haus. Ohne dass der Beschuldigte sich dagegen wehren konnte, wühlten sie in allen Ecken der beiden Räume und rissen die Bettdecken der Schlafkojen heraus.

„Nichts da", sagte der eine, „lass uns auch den Dachboden durchsuchen, irgendwo muss er das Zeug doch haben."

Sie stiefelten über den Hof und stiegen die schmale Holzleiter hinauf, die auf den Bodenraum führte. Hier stießen sie mit den Füßen die zum Trocknen ausgelegten Kräuter durcheinander.

„Das habt ihr mit Herrn Nissen abzuklären!", rief Peter Johannes aufgebracht. „Die Kräuter gehören ihm, wie ihr wohl wissen solltet, meine Herren! Das wird ihn gar nicht freuen."

Verärgert marschierten die beiden erfolglosen Amtsdiener jetzt auch noch in den Stall, wo das Pferd unruhig zu wiehern begann.

„Nimm den Gaul hier mal raus!", befahl der eine. „Vielleicht ist es im Stroh verborgen."

Peter-Johannes tat, wie ihm befohlen, beruhigte das nervöse Pferd, nahm es am Halfter und band es außen am Ring fest. Er lachte amüsiert, als er die beiden Amtsdiener im Stroh zwischen den frischen Pferdeäpfeln wühlen sah. Das machte sie noch wütender.

Mit einer tiefen Verbeugung verabschiedete er lächelnd die Beiden. Unverrichteter Dinge mussten sie in verschmutzter Kleidung wieder gehen. Er rieb sich die Hände und gratulierte sich zu seiner Idee, das Besteck so gut und vor allem außerhalb des Hauses versteckt zu haben.

An diesem Abend besuchte Marten ihn nach langer Zeit wieder und berichtete, wie im Ort immer wieder mit Verachtung der Name Ohloff ausgesprochen wurde. Er habe auch davon gehört, dass eine Hausdurchsuchung bei seinem Freund stattgefunden habe und wollte wissen, was an dem Gerede dran sei. Peter-Johannes sah seinem Freund ohne Verlegenheit in die Augen und beteuerte seine Unschuld. „Sie können ja nichts finden, weil ich kein Dieb bin. Und wie du weißt, Marten, reden die Leute sowieso. Wahrscheinlich gönnen sie mir mein Pferd nicht."

„Aber du musst doch verstehen, wie aufgebracht inzwischen alle sind. Die Diebereien nehmen inzwischen wirklich Überhand. Sogar eine Belohnung zur Ergreifung der Täter ist ausgesetzt worden."

Peter-Johannes hatte das Gefühl, dass Marten nicht ernsthaft von seiner Unschuld überzeugt war. Er war deshalb froh, als er ging. Der Rest war ihm egal. Er verfügte, im Gegensatz zu vielen anderen im Ort, über Geld und ein Reitpferd. Nur das zählte im Augenblick für ihn.

Die nächsten Tage verbrachte er mit seinem Pferd. Manchmal legte er sich quer über den Rücken des Wallachs, um zu sehen, wie der darauf reagierte. Eingeritten war er, wie Peter-Johannes ja wusste, aber die heftigen Reaktionen des Pferdes auf Reiter wollte er ungern am eigenen Leib verspüren. Doch der Wallach hatte Zutrauen zu seinem Besitzer gefasst und ließ alles mit sich geschehen.

Eines Tages hielt er die Zeit für reif, sich behutsam auf den Rücken des Tieres zu setzen. Nichts geschah, der Wallach stand ruhig und schnaubte leise. Er stieg ab, nahm das Halfter, führte den Grauen vor den Stall und schwang sich wieder auf den Rücken des Pferdes. Das Tier machte keine Anstalten ihn abzuwerfen. Er ließ seinen Grauen ein wenig durch den Gemüsegarten gehen. Dass hierbei einiges zertreten wurde, war ihm egal. Mit landwirtschaftlichen Dingen wollte er ohnehin nichts mehr zu tun haben.

Das Tier blieb ruhig, schaute sich aber neugierig nach allen Seiten um. Er stieg wieder ab, klopfte den Hals des Pferdes und sagte zu ihm: „Morgen reiten wir aus. Das wird schon gehen. Dann bekommst du Bewegung und gemeinsam können wir die weitere Umgebung erkunden." Damit führte er das Pferd zurück in den Stall, gab ihm einen Apfel zur Belohnung und versorgte seine Enten und Hühner, von denen er sich demnächst auch trennen wollte, um gänzlich unabhängig zu sein.

Als er fand, es sei an der Zeit, seine Besteckteile aus dem Schwanenhäuschen zu holen, machte er sich eines Abends auf den Weg dorthin. Einen der Nachtwächter sah er schon am Markt einen Docht der Lampe, die mit Photogen gespeist wurde, anzünden, sodass das rötlich leuchtende Licht schwach vor sich hin glimmte. Es war also bald zweiundzwanzig Uhr. Merkwürdig fand er, dass an diesem Abend so viele Leute auf den Straßen waren. Es musste einen besonderen Grund dafür geben. Im Vorbeigehen bekam er eine Unterhaltung mit, in der das Wort „König" fiel.

Er blieb bei einer kleinen Gruppe Männer stehen, die sich angeregt unterhielten. Hier hörte er, dass König Friedrich den Ort in der nächsten Woche besuchen wollte. Meistens führte seine Reise die Westseite Schleswig-Holsteins hinunter und die Ostseite wieder hinauf nach Dänemark. Wenn er nach Heide kam, wurde seit jeher das Fürstlichen Haus an der Marktostseite zum herrschaftlichen Gästehaus hergerichtet.

Da die Leute sich eher am beleuchteten Markt aufhielten, strebte Peter-Johannes durch dämmrige Nebenstraßen auf sein Versteck zu. Aber auch hier war Dieser und Jener auf den Beinen. Er verlangsamte seinen Schritt, um nicht aufzufallen und schnappte so immer wieder Gesprächsfetzen auf.
Was die Leute an diesem Abend erregte, waren die Kosten, die wieder einmal auf sie zukommen würden. Es hieß zwar, es würde zu freiwilligen Spenden aufgerufen werden, aber niemand durfte sich nachsagen lassen, den König nicht gebührend hofiert zu haben. So trug jeder, so gut es eben ging, sein Scherflein bei.
Am Abend des Königsbesuches würden sich viele Leute auf dem Markt versammeln, um dem Herren zu huldigen.

Schnell begab er sich zu seinem Versteck, griff in die Ecke des Schwanenhäuschens, um die Besteckteile herauszuholen und zuckte erschrocken zurück.
Er hatte überhaupt keinen Gedanken daran verschwendet, dass die Schwäne eventuell im Häuschen sein könnten. Jetzt schaute er verdutzt auf seine blutende Hand. Einer der Schwäne fauchte, aber er hatte seine Beute und lief so schnell es ging über die Holzbohlen zurück auf die Wiese, ehe der wütende Schwan ihn noch verfolgen konnte. Die Wunde war nicht groß, aber doch sehr schmerzhaft. Er würde zu Hause etwas Kamille

vom Dachboden holen, einen Sud aufsetzen und die verletzte Hand hineinlegen, damit keine Entzündung entstand. Das hatte seine Mutter immer so gemacht, wenn er mit kleineren Verletzungen vom Spielen nach Hause kam.

Seine Beute brachte er am folgenden Tag zu Hansen und kassierte sein Geld. Damit konnte er am kommenden Sonnabend einen gebrauchten Sattel erstehen.

In den folgenden Tagen übte er mit seinem Grauen das Aufsitzen immer wieder.

Einen Sattel konnte er auf dem Markt tatsächlich recht günstig erstehen. Er suchte lange, und fand endlich günstig einen Gebrauchten, der ihm ansehnlich genug für seinen Grauen erschien.

Von Tag zu Tag wurde das Pferd ruhiger. Er sattelte es, setzte sich langsam auf den Rücken des Grauen und ließ ihn im Schritt langsam vorangehen. Peter-Johannes spürte glücklich, dass der Graue ihm vertraute. Gemächlich trabte er über die Westerweide zum Ort hinaus. Über ihm wölbte sich heiter der Augusthimmel.

Vorbei an Kelters Mühle ritt er Richtung Büsum durch die offene Marsch, sah den Bauern eine Weile bei der Getreideernte zu, freute sich über den Anblick der aufgestellten Strohgarben und dachte an seine Zeit in der Mühle zurück. Das Getreide würde dort jetzt nach dem Dreschen angeliefert werden, um zu Mehl verarbeitet zu werden. An den Mehlstaub in der Mühle während dieser Arbeitszeit erinnerte er sich noch zu gut. Es kitzelte ihm fast die Nase, wie es während der Herbstarbeit immer gewesen war. Er wusste, dass in der Mühle nun die arbeitsreiche Zeit anbrach und freute sich, einfach umherreiten zu können.

Die weite Ebene lag vor ihm, bis zur Wöhrdener Kirche konnte er schauen. Er lenkte sein Pferd jetzt in die andere Richtung und wollte nach Wesselburen reiten. Zwar kannte er sich durch seine vielen Fußmärsche recht gut in der näheren Umgebung aus, aber hoch zu Ross ließ sich bequem hier und dort ein kleiner Umweg machen. Die breite Marsch umgab ihn nach wie vor und überall waren die Bauern mit ihren Helfern bei der Ernte. Hier waren es Rüben, dort Körnerfrüchte, eine Strecke weiter wurden gerade Kartoffeln aus der Erde gehoben.

Plötzlich erregte in der Ferne ein Fuhrwerk seine Aufmerksamkeit. Er hielt an, stieg ab, band den Zügel um einen Baum, brach sich einen Ast ab und setzte sich ins warme Gras. Dann holte er sein Taschenmesser hervor, schnitzte ein bisschen und beobachtete das näher kommende Gefährt. Er überlegte, ob es sich um einen Gefangenentransport handeln könnte, weil zwei ziemlich heruntergekommen aussehende Gestalten neben dem Wagen her liefen. Außerdem saß ein Uniformierter auf dem Wagenbock und das war eigentlich ein sicheres Indiz dafür. Etwas lag auf dem Wagen. Es sah aus wie eine Bettdecke. Das war merkwürdig. Ungeduldig erwartete er den Trupp, der sich langsam näherte. Die kleine Gruppe wirkte erschöpft. Gerade stimmten die Gefangenen ein Lied an.

Bruder, du musst nicht verzagen,
du musst eine Leine[1] wagen!
Frisch gewagt, mit frischem Mut;
Latscher[2] ist des Schurers[3] Blut.
Wenn wir bei dem Hachnich[4] kommen,
Tun wir nicht viel Worte brummen.
Dill[5] mir die Klawone[6] rein
Hier muss Rop[7] und Loby[8] sein.
Bruder, du musst feste stehen
Und nicht weit von d`Kehr`[9] abgehen,

Denn keine Kehre wird verschont,
Als nur wo der Schoter[10] wohnt.
Bruder heirath` keine Witt`sche[11],
Sonst kommst du mit ihr ins Kittsche;[12]
Denn eine Witt`sche [11]ist nicht gut,
Weil sie uns verpuppen[13] tut.
Wenn wir mit einem Dalles[14] kommen,
Dann tun uns`re Romny`s[15] brummen:
"Lieber Gott, was will werden d`raus,
Soraf[16] und kein Marrach[17] im Haus!"
Kommen wir aber mit tuften[18] Sachen,
dann tun uns`re Romnys[15] lachen:
"Lieber Rom[19] komm nur herein,
Hier soll Soraf[16] und Lawiner[20] sein!"

([1]Diebesfahrt, [2]Kühn [3]Diebes [4]Bauern [5]Stecke [6]Schlüssel
/Brecheisen [7]Gold [8]Silber [9]Häuser [10]Stockmeister [11]Nicht-
gaunerin [12]Zuchthaus [13]verraten [14]Unglück [15]Weiber [16]Brannt-
wein [17]Brot [18]wertvollen [19]Mann [20]Bier)

Ohloff erhob sich, ging ihnen ein Stückchen entgegen und
wünschte einen guten Tag. Der Uniformierte war über eine
kleine Reiseunterbrechung nicht undankbar und stoppte den
Wagen.
„Gefangene?", fragte Peter-Johannes ihn.
„Ja, von Wesselburen zurück nach Heide und das bei dieser
Hitze."
Die Gefangenen, die den langen Weg zu Fuß hatten laufen
müssen, legten sich indessen ins Gras. Er schaute auf den Kar-
ren und stellte fest, dass er richtig gesehen hatte. Auf dem Wa-

gen lag ein Federbett und aus der Bettdecke schaute ein Frauenkopf zu ihm herüber.

„Was ist mit dem Weib?", fragte er und bekam zur Antwort, dass die Gefangene zwar hochschwanger, aber für den Transport im Wagen geeignet sei, was durch ein mitgeführtes Attest bestätigt werden konnte.

Er hatte Mitleid mit der Frau. Sie sah ihn mit jammervollen Augen an und bat um Almosen. Er erklärte ihr mit Bedauern, dass er nichts bei sich hätte.

„Dann glotz mich nicht so an", sagte sie und spuckte ihm ins Gesicht.

Er wischte sich erschrocken den Speichel ab. Verwirrt fragte er den Polizeiwächter, was für ein Lied da gerade gesungen worden war.

„Ich habe das noch nie gehört", meinte er zu dem Uniformierten.

„Na, das will ich hoffen. Sonst müsste ich vermuten, dass du schon mal im Zuchthaus warst", antwortete er. „Dieses Lied wird nämlich in allen Zuchthäusern gesungen. Auch in Heide."

Nach kurzer Unterhaltung verabschiedeten sie sich und der kleine Tross zog weiter Richtung Heide.

Peter-Johannes meinte, dass sie dort dem Armenvogt übergeben werden würden, denn sie sahen nicht so aus, als ob sie die Mark besäßen, die jeder für den Transport entrichten musste.

Ihm war im Augenblick überhaupt nicht mehr danach zu Mute, seinen Erkundungsritt fortzusetzen.

Er setzte sich wieder ins Gras und schnitzte weiter.

Er überlegte, was diese Menschen wohl verbrochen haben könnten. Wenn sie nach Heide zurückgebracht werden, würden sie dort ihren Wohnsitz haben. Vermutlich müssten sie so lange für den Armenvogt arbeiten, bis ihre Schuld abgeleistet war.

Die Frau beschäftigte ihn noch länger. So bedauernswert und dabei so bösartig. Wie wird ein Mensch so? Was muss ein Mensch durchgemacht haben, um so zu werden? Sie hatte Pech gehabt. Aber würde sein Glück anhalten? Wenn er erwischt würde, wäre Zuchthaus das mindeste, was er erwarten könnte. Das hieße dann, entweder in Glückstadt, Itzehoe oder Schleswig für mehrere Jahre weggeschlossen zu sein. Anschließend bekäme er einen Entlassungsschein, müsste sich auf den Weg zurück in seinen Heimatort machen und sich umgehend bei der dortigen Polizei oder beim Kirchspielschreiber melden.

Diese Vorstellung war ihm so unangenehm, dass er aufsprang und sich aufs Pferd schwang, um sich abzureagieren. Im Eiltempo galoppierte er über die Stoppelfelder nach Hause. Dem Tross vor sich wollte er nicht wieder begegnen, und so ritt er querfeldein in einem großen Bogen an ihnen vorbei.

Zu Hause angekommen versorgte er sein Pferd, räumte im Haus ein wenig auf, kehrte aus, als wollte er mit dem Staub auch die düsteren Gedanken vor die Tür fegen.

Das gelang ihm nicht. Immer wieder kehrten seine Gedanken zu den ungepflegten Gestalten zurück. Also machte er sich am frühen Abend auf den Weg, um mit Spiel und Trank seine düsteren Gedanken zu verscheuchen.

Am Markt hörte er heftigen Streit aus der Richtung des Schuhmacherortes. Eine Frau hatte aus der dortigen Pumpe Wasser gestohlen. Darauf waren vier Reichstaler Strafe fällig, wenn man sich öfter erwischen ließ. So stand es in den Ordnungen.

„Ich will mit richtig gutem Wasser meine Erbsensuppe kochen!", hörte er sie quer über den Markt mit dem Pumpenwart krakeelen. Er lächelte über diese dickköpfige Frau.

Die Pumpe am Schumacherort sollte nach Meinung der Frauen bestes Erbsensuppenwasser hervorbringen, die an der Ecke zur

Norderstraße hingegen gab angeblich bestes Wasser, zum Kaffee kochen. Es gab immer wieder Streit wegen der unerlaubten Pumpenbenutzung, wieder würde jemand bezahlen müssen. Auch er würde irgendwann seine Rechnung bekommen.
Unruhig schritt er weiter. Auch seine Wunde an der Hand riss wieder auf. Lieber nicht zum Glücksspiel heute, dachte er. Er wollte sich Nachfragen ersparen und so aufgewühlt wie er war, würde er sich ohnehin nicht konzentrieren können und zu viel Geld verlieren. Er musste mit Hansen reden. Der einzige, mit dem das noch ging, so wurde ihm schlagartig bewusst.
Er brauchte ein besseres Versteck, wenn Hansen einmal nicht gleich erreichbar wäre. Von den Schwänen hatte er genug. Hansen hatte tatsächlich eine Idee. Am Ortsrand Lundens wohnte ein Getreidehändler, der einen Stall zu vermieten hatte.
„Der ist mir was schuldig, Ich habe ihm mal aus der Patsche geholfen, der stellt keine Fragen. Du kannst den Stall also ruhig als Versteck benutzen und immer, wenn ich in der Ecke unterwegs bin, gucke ich dann, was ich davon verkaufen kann."
Mit seinem Pferd bräuchte er hin und zurück nur zwei Stunden und er wäre beim Verstecken seiner Beute nicht zu ergreifen. Peter-Johannes war zufrieden mit dieser Lösung.
„Und wenn du schon auf dem Weg nach dorthin bist, guck dich mal in Bargen auf der Schweinewiese von Bauer Jochims um. Seine Sauen sollen kräftige Ferkel haben. Erzähl mir mal, wie viele es sind. Vielleicht machen wir dann am Abend noch `ne kleine Tour mit dem Wagen."

Am nächsten Tag in Lunden angekommen, wurde er mit dem Getreidehändler schnell einig, weil er auf Empfehlung Hansens kam. Der Stall war nicht allzu groß, eher baufällig und hatte ein leckes Dach. Dass er etwas heruntergekommen war, war

107

für seine Zwecke durchaus von Vorteil. Hier würde kein Unbefugter auf die Idee kommen, es gäbe was zu holen.
Die Schweinewiese hatte er bereits auf dem Hinweg erkundet. Sechs wohlgenährte Sauen, so mächtig, wie er lange keine gesehen hatte. Dazu mindestens fünfzig Ferkel, die fidel auf der Wiese tobten. Da würde es mit dem Einfangen der Ferkel nicht leicht werden.
Kurz vor Heide sah er ein einsames Gehöft, band sein Pferd an einen Baum, ging zum Hof und schaute sich um.
Niemand zu sehen. Er rief einen Gruß und bekam keine Antwort. Er vermutete die Bewohner bei der Erntearbeit, klopfte an die Hintertür, hörte nichts, drückte sie auf, rief nochmals und trat, als wieder keine Antwort kam, ein. Er schaute sich um, griff sich eine Suppenkelle, einen goldumrandeten Teller und eine zierliche Vase, verließ in Windeseile die Küche und stieß dabei mit einem schmächtigen alten Mann zusammen, der gerade herein kam. Peter-Johannes stieß den verdutzten Störenfried mit seinem Ellenbogen heftig zur Seite, rannte zu seinem Pferd und hörte im Aufspringen, wie der alte Mann jammerte: „Mein Arm, Hilfe, er hat mir den Arm gebrochen. Hilfe, hört mich denn keiner?"
Peter-Johannes fühlte sich nicht wohl in seiner Haut. Er hatte den Alten nicht verletzen wollen. Niemals hatte er bisher jemanden absichtlich Schaden zugefügt, aber er konnte nichts mehr daran ändern. Sein Herz raste, als er sein Pferd antrieb, die Vase war ihm heruntergefallen, aber er ließ sie liegen. Das restliche Diebesgut verpackte er während des Reitens in dem Leinenbeutel, den er jetzt immer am Sattel befestigt mit sich führte.
Völlig außer Atem kam er bei Hansen an, hielt ihm seine geringe Beute hin und berichtete, was geschehen war. Der lachte nur und meinte, dass sei doch sicher nur ein Trick von dem Alten

gewesen, um ihn zurückzuhalten. Peter-Johannes war sich dessen nicht sicher, aber Hansens Worte beruhigten ihn. Eigentlich hatte er keine große Lust mehr, am Abend auf Ferkelklau zu gehen. Aber Hansen redete auf ihn ein und machte ihm schließlich ein gutes Angebot. Ein Taler pro Ferkel. So gab er dem Drängen seines einzigen Freundes nach.

„Tot oder lebendig?", fragte er noch, weil er überlegte, dass die Ferkel wohl einen riesigen Lärm veranstalten würden, wenn sie sie lebend auf dem Wagen transportieren würden.

„Tot natürlich. Du musst dich aber um nichts weiter kümmern, als die Sauen abzulenken. Den Rest erledige ich."

Er überlegte auf dem Nachhauseweg, wie er die Sauen wohl ablenken sollte, wusste er doch, dass diese instinktiv jeden angriffen, der sich in die Nähe der Ferkel begab. Er würde einen Rat von Hansen einholen müssen.

Als er ihn auf dem Weg nach Bargen danach fragte, wies der mit dem Kopf auf die Ladefläche. Dort stand ein großen Topf gekochter Kartoffeln bereit.

„Schweine sind ganz verrückt danach," beruhigte er Peter-Johannes.

Hansen lenkte sein Zugpferd in gemächlichem Trab durch die Feldwege, vorbei an dem hochgelegenen, ehemaligen Dünenteil bei Rehm, der mit Heidekraut und hohen Kiefern bewachsen war. Die Amseln sangen ihre Abendlieder, und die Schwalben flogen hoch am Himmel. Das versprach für den nächsten Tag schönes Wetter.

Die Fahrwege waren staubig und trocken und von den Pferdehufen aufgescheucht, flogen Nachtfalter auf. Der Wagen rumpelte über die trockenen Feldwege. Bauern und ihre erschöpften Tagelöhner waren auf dem Heimweg. Sie erwiderten die freundlichen Grüße der beiden nur knapp.

Nach kurzer Zeit bogen sie in einen von Kiefern bewachsen Feldweg ab. Dazwischen leuchteten Hagebutten in ihren satten Rosatönen. Alles war friedlich.

An der Schweinewiese angekommen, sagte Hansen zu Peter-Johannes: „ Jetzt ist der richtige Moment. Alle sind auf dem Heimweg oder essen schon. Nimm dir Kartoffeln, füttere die Sauen damit und kümmere dich nicht um mich. Wenn ich aber rufe, komm so geschwind du kannst und spring auf den Bock."

Gesagt getan, er nahm die Kartoffeln, steckte einige in seine Jackentasche, behielt mehrere in der Hand und marschierte auf die schon grunzenden Sauen zu.

Jetzt im Halbdunkel sahen die Tiere noch mächtiger aus als bei Tage. Vorsichtig schlich er heran. Er gab acht, dass ihn keine der Sauen von hinten erwischen konnte. Die Kartoffeln warf er breit aus. Dabei behielt er Hansen im Auge. Er beobachtete, wie auch der mit Kartoffeln lockte, allerdings nur die Ferkel. Er griff ein Ferkel erstaunlich behände, schlug ihm mit einem dicken Knüppel auf den Kopf und schnitt ihm anschließend die Kehle durch. Dann warf er es auf den Wagen und wiederholte das ganze mehrere Male.

Als Peter-Johannes gerade mitteilen wollte, dass er keine Kartoffeln mehr hatte, wurde er gerufen und sprang wie verabredet auf den Wagen. Sein Gefährte saß schon auf dem Bock und schnalzte dem Pferd zu. Im schnellen Trab machten sie sich auf den Rückweg. Beide grinsten übers ganze Gesicht und schlugen ihre Hände kumpelhaft gegeneinander.

Hansen gab Peter-Johannes zu verstehen, dass er ihn kurz vor Heide absteigen lassen würde.

„Der Rest geht dich nichts an und was du nicht weißt, kannst du auch nicht verraten. Dein Geld erhältst du morgen."

Ihm war es recht und er ging in aller Ruhe nach Hause. Wieder hatte niemand Notiz von ihrem Tun genommen. Elf Ferkel hatte Hansen in so kurzer Zeit getötet. Das fand er ganz beachtlich.

Es war auch gut so, denn er wollte sich neue Stiefel kaufen, vier Taler rechnete er dafür ein. Auch einen Wintervorrat Heu und Stroh für seinen Grauen, sowie Kleie und Hafer für den Winter mussten angeliefert werden.

Und zum Barbier wollte er auch wieder.

Bevor er am nächsten Tag diese Aufgaben in Angriff nahm, brach er am helllichten Tag in drei Häuser am Ortsrand ein. Er war davon ausgegangen, dass die Bauern, in deren Häuser er eintrat, auf den Feldern arbeiteten und das Dienstpersonal mit Zubereitungen des Essens voll beschäftigt sein würde. Tatsächlich war es für ihn eine Kleinigkeit in die ausgesuchten Höfe einzudringen. Bei zweien standen Fenster offen, bei dem dritten war sogar die Tür unverschlossen. Seine Beute konnte sich sehen lassen. Er hatte eine Packung Eisennägel, eine Butterkruke, eine Stubenuhr, eine schwarze Mütze und drei Teetassen mit goldenem Rand und Blumenmuster eingesammelt. Das alles brachte er noch am gleichen Vormittag nach Lunden in sein Versteck.

Als er am Nachmittag beim Barbier saß, erzählte der ihm schon von den Freveltaten, die gestern Abend und am heutigen Vormittag geschehen waren. Gemeinsam stellten sie Vermutungen an. Wer konnte so dreist sein? Als er aber hörte, dass er dem alten Mann tatsächlich den Arm gebrochen hatte, schluckte er schwer. Der Barbier berichtete zudem, der Alte habe wohl eine recht gute Täterbeschreibung beim Landvogt abgegeben, woraufhin Peter-Johannes dem Mann ganz nebenbei in Auftrag

111

gab, seinen Bart doch ganz abzunehmen. Der machte sich ohne Fragen ans Werk und schwatzte weiter.

Mit gesenktem Kopf machte er sich auf den Weg zu Hansen. Emsiges Treiben herrschte im Ort. Als er an einer Gruppe von Fuhrleuten vorbeikam, hörte er, dass der Landvogt der vielen Einbrüche wegen militärische Unterstützung angefordert und außerdem für die Ergreifung der Täter eine Belohnung in Höhe von einhundert Talern ausgesetzt hatte.

Er lauschte dem Grüppchen nur aus der Ferne, näher traute er sich nicht heran. Dennoch bekam er nach und nach alles Wichtige mit. So viel Angst er hatte, auch ohne Bart als Täter erkannt zu werden, er musste herausfinden, was in seiner Sache noch unternommen worden war. Beruhigt stellte er fest, dass seine Diebstähle nur die zweitwichtigste Nachricht des Tages war. Also würde sich die Täterbeschreibung vielleicht nicht so schnell herumsprechen. Vor allem redete alles über den Königsbesuch. Er wurde in ein paar Tagen erwartet.

Der König wollte mit der Fähre über Wollersum kommen. Dorthin sollten dann zwanzig gute Pferde für die Kutsche und Wagen beordert werden.

Weil das Landwirtschaftliche Haus am Markt nicht alle hohen Gäste fassen konnte, wurden Einquartierungen bei den Heider Honoratioren gesucht. Auch der Prinz Frederik Christian sollte kommen, sowie der Oberhofmarschall von Hauch und der Generalleutnant von Bülow.

Ebenso mussten für die vielen Bediensteten der königlichen Herrschaften Unterkünfte bereitgestellt werden, wobei diese nicht so vornehm zu sein müssten. Für diese einfacheren Bediensteten wurde die Unterbringung mit einer Mark pro Person von der Kirchspielvogtei vergütet. Frühstück, Mittagessen und eine Abendmahlzeit seien in dem Erstattungsbetrag enthalten.

Außerdem war bekannt gemacht worden, dass der Kehricht nicht mehr auf die Wege vor den Häusern geworfen werden durfte und dass die Bettler und Hausierer vom Markt ferngehalten würden. Hunde müssten angekettet oder eingesperrt werden. Diplomatische Verwicklungen wegen Hundebisse wollte man offensichtlich vermeiden.

Bei einer Gruppe von Männern hörte er, dass auch eine Ehrenpforte an der Österstraße aufgestellt werden sollte und noch Freiwillige zur Errichtung derselben gesucht wurden.

Endlich war er bei Hansen angekommen und konnte berichten. „Wegen des alten Mannes mach dir mal keine Gedanken", meinte dieser gelassen. „Der hat ja nicht mal dein Pferd beschreiben können. Rasiert siehst du ohnehin fünf Jahre jünger aus. Außerdem werde ich im Notfall bezeugen, dass du bei mir warst. Mach dir mal keine Sorgen." Er zählte Peter-Johannes den vereinbarten Lohn in die Hand und gab ihm auch das Geld für die in Lunden abgeholte Diebesbeute.

Er staunte, wie schnell das ging. Er hatte die Sachen ja erst heute Vormittag dort vorbeigebracht. Ihm war es recht, aber er staunte, wie wenig er über Hansen wusste.

Einerseits trieb der Trödler sich anscheinend ganz schön viel in der Gegend herum. Andererseits traf er ihn fast immer zu Hause an, wenn er ihn brauchte. Oder hatte er noch andere Helfer? Hansen bekam nicht mit, dass Peter-Johannes ihn mit den Augen taxierte und meinte unbekümmert zu ihm: „Wenn der König kommt, werden eine Menge Leute im Ort und deshalb eben nicht zu Hause sein." Peter-Johannes verstand den Wink und fragte, ob er an dem ersten Abend des Königsbesuches Hansens Fuhrwerk ausleihen könnte. „Klar, mein Junge, so rentiert sich das."

113

Nachdem ihm Hansen deutlich gemacht hatte, dass zumindest keine unmittelbare Gefahr drohte, meldete er sich gleich in der Kirchspielschreiberei am Markt an.

Er könne sowohl Wildblumen, als auch Eichenlaub für die Girlande besorgen. Dankbar wurde sein Angebot angenommen.

Auf dem Rückweg schaute er beim Postamt noch einmal auf den Aushang, um zu sehen, welche Personen Briefe abholen konnten und spazierte dann nach Hause. Er sattelte sein Pferd um das versprochene Grünzeug zu holen.

Richtung Wesseln blühten Kamille und Lupinen. Auf der Wiese angekommen, nahm er auch noch Rainfarn mit, bloß weil der gelbe Farbton ihm so gefiel. Eichenlaub schnitt er auf dem Rückweg ab. Er stieg dafür nicht mal ab, bequem reichte er vom Pferderücken in die Äste hoch. Auf dem Weg prägte er sich in aller Ruhe die Lage der einzelnen Gehöfte und Häuser ein. Um den Königsbesuch gut auszunutzen, wollte er die Wege zwischen den einzelnen Einbrüchen möglichst kurz halten.

Vielleicht war doch das Pferd günstiger? Er nahm sich vor, dies erst am Abend zu konkretisieren. Gedankenversunken vor sich hin trabend, sah er bei einem kleinen Hof Wäsche an der Leine hängen.

Kein Dienstpersonal war in der Nähe und auch sonst erblickte er niemanden. Schnell lenkte er sein Pferd zur Wäscheleine, riss ein Tischtuch und zwei leinene Bettdecken herunter, trabte weiter und verbarg die Wäsche unter Blumen und Laub. Das fand er recht lustig, denn in Gedanken spielte er ein kleines Wortspiel: Blumenwäsche, Wäscheblumen, er konnte sich nicht entscheiden, welches Wort ihm besser gefiel.

Gut gelaunt ritt er auf Heide zu, nahm den Weg zur Norderstraße und lieferte zunächst die Wäsche bei Hansen ab. Der gab ihm dafür zwei Mark.

„So einen wie dich hab ich noch nie gekannt", meinte Hansen anerkennend. „Wenn du dein Grünzeug abgeliefert hast, komm noch mal vorbei und lass uns reden, ich hab dir einen Vorschlag zu machen."

Peter-Johannes wollte seine Pflanzen in der Kirchspielvogtei abliefern, wo ihm mitgeteilt wurde, dass er sie in der Österstraße, bei Frau Bruhn abliefern solle, weil sie für das Girlandenbinden zuständig sei. Auf dem Weg dorthin, sah er, dass die Ehrenpforte von den Tischlern des Ortes fast fertiggestellt war. Ein imposantes Gebilde war entstanden, jetzt fehlten nur noch seine Blumen.

Frau Bruhn war eine gnägelige Alte, die ihn schief von der Seite ansah. Mit ihrem Buckel, den schlechten Zähnen, von denen einer weit vorstand, und dem Speichel, der ihr in den Mundwinkeln hing, sah sie einerseits recht lustig, andererseits zum Fürchten aus.

„Na, na, na, das sind ja eine Menge Blumen und Laub, hast dich ja ordentlich angestrengt, mein Junge", nuschelte sie. „Womit verdienst du eigentlich dein Geld?", fragte sie ihn neugierig. „Hast was mit den Stehlereien zu tun? Die Leute reden über dich, mein Junge und wenn mich nicht alles täuscht, steht bald eine Hausdurchsuchung bei dir an. Sieh man zu, dass du auf dem rechten Pfad bleibst. Ich habe deine Eltern gekannt und die hätten nicht verdient, einen Dieb zum Sohn haben." Sie nahm die Blumen, drehte sich um und ging in ihr altes, schon fast verfallenes Haus.

Peter-Johannes stand betroffen da, weil er so unerwartet an seine Eltern erinnert wurde. Dann drehte er sich um und ritt langsam quer über den Markt zurück zu Hansen.

Überall sah er Leute herumwieseln. Die Wege am Markt waren gefegt worden, der Kehricht wurde gerade beseitigt. Den Unrat aus den Gräben um den Markt herum warfen Männer aus den Armenhäusern auf Handkarren.

Er vermutete, dass der ganze Dreck auf einer Koppel vergraben werden sollte, wie es schon ab und zu geschehen war. Zwei Tage waren es noch bis zum Besuch. Alles werkelte in neugieriger Erwartung.

Hansen hatte eine Überraschung für ihn. Er machte ihm den Vorschlag, sein Teilhaber zu werden, weil er noch nie einen brauchbareren und besseren Zulieferer gehabt hatte, als ihn. Ohloffs eben noch so große Sorge, was er bei Nachfragen über sein Einkommen erklären sollte, hatte sich mit diesem Angebot in Luft aufgelöst. Hansens Angebot schmeichelte ihm. Ohne lange zu überlegen willigte er freudig ein.
Die Teilhaberschaft zwischen den beiden sollte nur pro forma gelten. Das hieß für Peter-Johannes, dass er keinen finanziellen Nutzen aus dem Geschäft ziehen würde, aber wie bisher alles Diebesgut an Hansen losworden konnte. Auch sollte er ab und zu im Laden stehen, damit die Leute bemerkten, dass er arbeitete. Wenn er dann etwas verkaufte, bekäme er eine kleine Provision vom Verkaufspreis.
Er war mit allem einverstanden. Jetzt war er also Teilhaber eines Trödelhändlers, dem noch nie Hehlerei nachgewiesen worden war.

*

Freudig ging er nach Hause und erschrak, als er vor seinem Haus zwei griesgrämig dreinblickende Männer stehen sah. Böses ahnend ging er auf sie zu und fragte harmlos, ob sie zu ihm wollten.

„Ja, Hausdurchsuchung", erwiderte einer der beiden barsch.

„Tür aufsperren und draußen stehen bleiben", befahl der andere.

Da Peter-Johannes im Haus nichts Gestohlenes aufbewahrte, sah er sich das ihm mittlerweile bekannte Prozedere äußerlich gelassen an. Innerlich war er aufgewühlt.

Was er beim Barbier und der Alten gehört hatte, war also doch ernst zu nehmen. War Hansen zu sorglos? Oder zeigte dessen Gelassenheit nur, dass er ihm noch die Routine voraus hatte?

Seine Unruhe legte sich etwas, als die beiden Männer nach einigen Minuten mit leeren Händen und unzufriedenen Mienen wieder vor ihm erschienen. Sie fragten, wovon er lebe, wie und womit er sein Geld verdiene. Nun konnte er ruhigen Gewissens antworten, er sei Teilhaber bei Hans Hansen und würde sein Geld als Trödler verdienen.

„Na, das ist wohl die beste Adresse im Ort. Dann bist du sicher ein ganz und gar ehrlicher Mensch!", meinte der Eine.

„Dann wollen wir dem Herrn Hansen auch bald einen Besuch abstatten. Mal sehen, was das ergibt", kam von dem Anderen.

Sie gingen mürrisch davon und Peter-Johannes holte tief Luft. Das war gut gegangen.

Nachdem er Hansen gewarnt hatte, wollte er nicht wieder nach Hause. Vielleicht würde ihm Ablenkung guttun.

In den Kneipen am Markt fand er an diesem Abend keine bekannten Gesichter und so machte er sich das erste Mal mit seinem Pferd auf den etwas weiteren Weg zum Trommelsaal, einem Gasthof, der von einer angesehenen Färberfamilie betrieben wurde.

Im Osten, etwas außerhalb des Ortes, am Ende des Landweges, lag dieser Gasthof am Ziegelhofteich, in dem die Färber auch ihre bedruckten und gefärbten Waren wuschen und anschließend zum Trocknen aufhängten. Als er ankam, sah er eine Menge Pferde vor dem Gebäude. Auch einige Fuhrwagen standen dort.

Er grinste, weil er sich schon auf die Pferdeschweife freute, die er auf jeden Fall abschneiden wollte, bevor er nach Hause ritt. Er hatte solchen Kleinkram nun nicht mehr nötig, aber die Herausforderung reizte ihn.

Im Trommelsaal war er noch nicht gewesen und staunte nicht schlecht über den sauberen Zustand des Gastraumes. Das Bier war recht günstig, die Wirtsleute waren freundlich und eine Menge Männer standen mit ihren Bierkrügen an der Theke oder saßen an Tischen.

Man sah Geschäftsleute, die nach Feierabend hier einkehrten. Auch solche, die beim vertraulichen Bier neue Transaktionen einleiten wollten.

Einheimische und Reisende waren gleichermaßen anwesend und unterhielten sich angeregt. Er fragte die Wirtsfrau, wie der Name Trommelsaal wohl entstanden sei und sie erzählte ihm, wie in früheren Russenzeiten Tamboure hier mit ihren Instrumenten geübt haben. Er bedankte sich für die Auskunft.

Inzwischen war Punsch aufgetischt worden und einige Rundgesänge wurden zum Besten gegeben. Er kam leicht mit den Leuten ins Gespräch. Am besten ging es, wenn er sie zu ihrer Arbeit befragte. Da kannten sie sich aus, da hatte jeder etwas zu erzählen.

Auch er wurde gefragt und verbreitete, dass er Trödler und an Ankäufen verschiedenster Waren immer interessiert sei. Neue Geschäftspartner wollte er gerne auch an Hansen weitergeben.

Zwischendurch bekam er mit, dass auch hier immer wieder von den unverschämten Diebereien im Ort und der näheren Umgebung gesprochen wurde. Auch hörte er, dass im Heider Stockhaus fast zwanzig Diebe inhaftiert waren, aber der, der am meisten stahl, bisher nicht erwischt wurde.

„Den König der Diebe sollten sie man endlich fangen und dann aufhängen", hörte er jemanden rufen. Ihm wurde heiß und kalt. Er war gemeint. Er war der, den sie schon „König der Diebe" nannten. Er wusste nicht, ob er stolz sein sollte oder bekümmert, aber irgendwie gefiel ihm sein neuer Name: König der Diebe.

Nach einiger Zeit verabschiedete er sich - hier und da sogar mit Handschlag, sprach sein Bis-demnächst-einmal-in-der-Norderstraße zu möglichen neuen Kunden und verließ den Raum.

Er fühlte sich hier wohl. Hier würde er bestimmt nicht zum letzten Mal eingekehrt sein. Für heute aber musste er gehen, solange die Gäste, deren Pferde und vor allem deren Schweife noch da waren. Natürlich stahl er auch noch zwei frisch gefärbte Kleider von der Trockenleine. Das war der König der Diebe, schmunzelte er in sich hinein, stopfte die Sachen in seine Leinentasche und ritt im gestreckten Galopp zu Hansen, um sie abzugeben. Schließlich hatte er wegen der späten Stunde keine Zeit mehr, nach Lunden zu reiten.

Hansen war nicht erfreut darüber, dass Peter-Johannes die Sachen direkt bei ihm und nicht im Lundener Versteck abgab. Er hatte Diebesgut nicht gern über Nacht im Haus, berichtete aber, dass er am nächsten Tag ganz früh nach Glückstadt müsse - der Geschäfte wegen - und die Sachen sofort gut unauffällig im Wagen unterbringen wollte.

Peter-Johannes wusste, dass in Glückstadt ein Trödlerum-schlagplatz für Kleidung vorhanden war und war froh, die von den Färbern gestohlenen Stücke dort gleich verschwunden zu wissen. Über den Bericht des Königs der Diebe amüsierte Hansen sich köstlich, fand die Bezeichnung auch ausgesprochen passend.

„Hab' ich doch gesagt, dass ich so einen wie dich noch nie hatte. Pass man in nächster Zeit noch besser auf, mein Junge, du weißt ja, der König der Dänen kommt und da wird nicht lange mit ergriffenen Gaunern gefackelt." Vorsichtshalber riet er Peter-Johannes, seinem Grauen auch den Schweif abzuschneiden, weil es sonst bald das einzige Pferd in Heide mit Schweif sein würde. Und das würde bestimmt irgendwann dem Dümmsten auffallen. Peter-Johannes akzeptierte den Vorschlag und mit einer kleinen Entschuldigung an den Grauen, schnitt er den Schweif und einen Teil der Mähne ab. Allerdings nicht so kurz, wie es bei den fremden Pferden getan hatte. Er tröstete sich damit, dass der Schweif ja nach gewisser Zeit nachgewachsen sein würde. In der demnächst kommenden Winterzeit gäbe es sowieso nicht so viele Fliegen, die er abwehren müsste.

Im Haus machte er sich erst einmal einen heißen Tee und überlegte, was er mit dem kommenden Tag, dem Königsbesuch anfangen würde. Er wollte dem Königstross gern bis Lunden entgegen reiten, um sich in Ruhe und aus nächster Nähe all die Pracht anzusehen. Dann aber wollte er den Tag, den Abend und die Nacht auch nutzen, um richtig viel Geld zu verdienen. Amüsiert über seinen neuen Titel meinte er, diesem auch gerecht werden zu müssen. Er nahm sich vor, die älteste Kleidung zu tragen, die er finden konnte, um nicht sofort erkannt zu werden.

Gegen Abend würde er sein Gesicht und die Haare mit Asche-staub schwärzen, damit er besser unerkannt umherschleichen konnte. Die Nachtwächter hätten sicher genug damit zu tun, die Menschenmengen auf dem Markt zu beaufsichtigen.

Zufrieden legte er sich schlafen, um für den kommenden Tag ausgeruht zu sein.

Am nächsten Morgen, als er mit seinem Pferd gerade über den Marktplatz ritt, blieb ihm vor Staunen der Mund offen stehen. Mitten auf dem Markt stand eine übergroße Kutsche. Er hatte zwar schon von dieser Neuheit, dem Omnibus gehört, aber noch nie hatte er eine solch große Kutsche leibhaftig gesehen. Der halbe Ort hatte sich schon staunend um dieses Gefährt versammelt. Acht Sitzplätze hatte dieser Omnibus und vier Pferde waren davor gespannt. Die Postkutsche hatte in seinen Augen schon beachtliche Ausmaße, dagegen waren die zweisitzigen Kutschen des Landvogtes und einiger reicher Bürger ihm schon klein vorgekommen. Aber dies hier übertraf alles, was er bisher gesehen hatte.

Die Kutsche war, wie er hörte, aus Hamburg gekommen und die Reisenden hatten auf dem Weg nach Flensburg einen Umweg über Heide gemacht, um dem Königsbesuch beiwohnen zu können. Das mussten wahrlich reiche, königstreue Bürger sein, die sich so etwas leisten konnten. Zu sehen war von den Reisenden allerdings niemand. Der Kutscher, der stolz auf seinem Bock saß, gab bereitwillig Auskunft, als einige Neugierige fragten, wo sich die Fahrgäste hinbegeben hatten. Sie seien beim Kirchspielvogt zum Frühstücken eingeladen, meinte er und wusste weiter zu berichten, dass sie Schwierigkeiten hätten, Quartier zu finden, weil schon alle guten Unterkünfte für den König und seine Begleitung reserviert waren.

Sie würden also am frühen Abend, nach dem offiziellen Empfang, weiter in Richtung Husum reisen, um noch vor Anbruch der Dunkelheit über die Eider zu kommen. Auch erzählte er, die Fahrgäste hätten einiges an Geld gespart, weil die Fahrkosten für den Omnibus günstiger seien, denn es konnten mehr Plätze als in kleineren Kutschen besetzt werden. Das alles waren schon so interessante Neuigkeiten, dass die Leute für Tage und Wochen genug zu reden haben würden.

Die Sonne schien an diesem Augusttag kräftig vom Himmel. Aber es war nicht zu warm. Es versprach ein lauer Frühherbsttag zu werden, perfekt für den Besuch des hohen Gastes. Gegen Mittag sollte der König über die Eider setzen, war zu hören.

Peter-Johannes machte sich langsam mit seinem Pferd auf den Weg nach Lunden, um rechtzeitig vor dem Eintreffen des Königs dort zu sein. Im Fortreiten dachte er daran, wie viele Pferde heute am Abend wohl ohne Schweif nach Hause müssten und pfiff fröhlich vor sich hin.

Es hatte einen ungewöhnlich heißen, trockenen Sommer gegeben und auch der frühe Herbst hatte kaum Niederschlag gebracht. Unterwegs stellte er fest, dass er nicht der Einzige war, der dem König entgegen reiten wollte. Eine lange Staubwolke zog sich wegen der vorangegangenen Dürre über die Landschaft, weil etliche Fuhrwerke sich den Weg durch die Marsch bahnten.

Hinter Weddingstedt gab es fast schon dichtes Gedränge auf den schmalen Fahrspuren und so war er froh, mit seinem Pferd seitlich an den Wagen vorbeireiten zu können.

Aufgeregte, heitere Stimmung schwang durch die Luft und erfasste auch ihn. Er freute sich, mit vielen Menschen das gleiche Ziel zu haben.

Erst jetzt wurde ihm klar, wie weit weg sein Leben von dem seiner Mitmenschen stattfand. Endlich tat er wieder etwas gemeinsam mit ihnen. Es war, als ob eine Last von ihm abfiele und vergnügt ritt er weiter.

Vor Lunden ging für die Wagen nichts mehr. Ein Fuhrwerk war umgekippt und versperrte den Weg. Viele Männer versuchten gemeinsam, den Wagen wieder aufzurichten. Er gesellte sich lieber zu den Zuschauern, die jeden erneuten Versuch fachkundig kommentierten. Dann stand die Kutsche endlich wieder und der Stau löste sich auf.

Plötzlich begannen die Glocken der Lundener Kirche zu läuten. Der König war also angelandet. So schnell es durch die Menschenmengen möglich war, ritt Peter-Johannes zügiger voran. Dann erblickte er den Tross des Königs Friedrich des VI. Er sah stattlichen Kutschen und Wagen, die ihm langsam entgegenkamen. Er hielt an einer Böschung an, stieg ab, und als die Königskutsche nahe genug an ihm vorbeikam, dass er den König sehen konnte, verbeugte er sich voller Ehrfurcht.

„Der König der Diebe erbietet dem König der Dänen seinen Gruß und heißt seine Majestät, die im Begriff ist, das kleine Territorium des Königs der Diebe zu betreten, willkommen."

Er konnte die ergrauten Haare des Königs, seine mit Orden behängte Uniformjacke und die breite blaue Schärpe, die er quer über der Schulter trug, erkennen.

Das würde er wohl sein Lebtag nicht vergessen: Der König hatte ihm und allen anderen Umherstehenden gewunken. Ehe die folgenden Kutschen mit den Bediensteten vorbeigefahren waren, dauerte es eine ganze Weile. Auch hier waren stattliche Personen in ihrer kostbaren Kleidung zu bewundern. Überall riefen die Menschen dem Königstross ihr Hurra entgegen. Peter-Johannes war beeindruckt, stieg ganz erfüllt in den Sattel seines Pferdes und machte sich auf den Rückweg.

Um den Tross nicht direkt überholen zu müssen, was er unschicklich gefunden hätte, ritt er quer über die Felder und schmalen Feldwege, bis er in Rehm wieder auf den Landweg kam.

Die Lundener Glocken hörte er bis hierher läuteten und es würde nicht lange dauern, bis er auch das Läuten der Heider Kirche hören würde. So lange der König unterwegs war, würde dieses Glockenläuten seinen Weg begleiten. Das war bei jedem Königsbesuch so gewesen und von der Obrigkeit angeordnet worden.

In Heide angekommen, versorgte er zunächst sein Pferd und begab sich zum Markt, um den Einzug des Trosses mit anzusehen. Ihm war auch wichtig, von den Einwohnern des Ortes gesehen zu werden, um im Notfall von einigen bestätigt zu bekommen, dass er auf dem Markt gewesen war.

Rundherum war alles sauber. Die Hunde waren weggesperrt, die Ehrenpforte am Eingang der Österstraße war hübsch hergerichtet und alles wartete auf den König.

Und dann erschallte das erste Hurra.

Der Königstross kam gemächlich aus der Norderstraße auf den Markt zu. Die Menschen drängelten und stießen sich, um näher an die Kutschen zu kommen. Blumen wurden geschwenkt, Hüte und Mützen in die Luft geworfen und ein lautes Hurra erklang aus vielen Kehlen.

Die Schulkinder waren vor dem fürstlichen Haus aufgereiht worden und sangen dem König zu Ehren ein Lied. Der Landvogt hieß den König willkommen und bat ihn ehrfürchtig zum Essen ins Haus. Für den Abend wurde ein bengalisches Feuer angekündigt, und für den nächsten Tag stand für den König und sein Gefolge eine Besichtigung der Heider Sehenswürdigkeiten an, von denen es allerdings nicht allzu viele gab.

Die Menge löste sich auf und viele auswärtige Besucher strömten in die umliegenden Gaststätten, um zu speisen. Peter-Johannes sprach hier und da mit Bekannten und erwähnte ständig, wie sehr er sich schon auf das abendliche Programm freute.

Dann ging er nach Hause und stärkte sich für seinen abendlichen Raubzug. Er zog seine ältesten Kleidungsstücke an, füllte von der erkalteten Asche aus der Feuerstelle etwas in einen kleinen Lederbeutel, den er sich um den Hals hängte und marschierte über die Westerweide zu Hansen.

Der hatte Pferd und Wagen schon für ihn vorbereitet, versprach ihm, die gelieferten Waren noch am gleichen Abend verschwinden zu lassen. Peter-Johannes stieg auf den Wagen und verließ den Ort in Richtung Süderholm. Er wollte dort und in Nordhastedt stehlen, weil er meinte, die Einwohner aus der Lundener Ecke hätten den König schon gesehen und würden vielleicht nicht so zahlreich nach Heide kommen.

Es dämmerte schon und er schmierte sich die Asche ins Gesicht und in seine blonden Haare.

Er musste sich gar nicht mühen, denn gleich am ersten Hof, an dem er anhielt, sah er, dass an einem Seitenfenster eine Glasscheibe fehlte.

Dort stieg er ein. Eine Uhr, sechs Kannen Schalotten, eine Pferdehaut, silberne Esslöffel, eine Tischdecke und verschiedene Kleidungsstücke, sowie zwei seidene Halstücher hatte er in Windeseile gegriffen und zum Wagen geschleppt. Auf dem Hof, an die Stalltür gelehnt, fand er einen Pflug und eine Egge, die er nur mit allergrößter Mühe auf den Wagen heben konnte. Der Schweiß lief ihm den Rücken herunter, aber die Mühe würde sich lohnen. Er sah schon die Taler, die Hansen ihm dafür zahlen würde, in seiner Hand. Zwei Säcke mit Bohnen, die er gerade noch erblickte, als er verschwinden wollte, griff er auch noch und warf sie zu den anderen Dingen auf den Wagen. Jetzt hatte er mit diesem einen Einbruch schon mehr erbeutet, als je zuvor.

Es wäre klüger, schon jetzt nach Hause zu fahren, um sich in Heide noch einmal sehen zu lassen. Kurz vor Heide hielt er noch einmal, weil er auf einer Koppel Eisenzeug hatte liegen sehen. Behände sprang er vom Wagen, griff sich die Teile, verstaute sie, sprang wieder auf, und fuhr weiter.

So gut es ging, wischte er sich den Aschestaub wieder aus dem Gesicht. Er lieferte alles bei Hansen ab. Der war beeindruckt von der großen Menge. Dann lief er nach Hause, wusch sich die Asche aus den Haaren, zog andere Kleidung an und begab sich zu der Menschenmenge auf den Markt, um möglichst schnell mit Irgendjemanden zu sprechen.

Das bengalische Feuer hatte er nun leider nicht gesehen, aber er hörte gerade noch, wie der König zusicherte, die neunzehn Gefangenen im Stockhaus zu begnadigen, sodass diese am kommenden Tag nach Hause gehen konnten. Die Menge applaudierte und allmählich lösten sich die Menschentrauben auf. Am folgendem Morgen wurde dem König und seinem Gefolge die Kirche gezeigt. Die Schule wurde kurz begutachtet und der Marsch setzte sich durch die Ehrenpforte an der Österstraße Richtung Gefängnis fort, dann weiter zum Stockhaus und zum neuen Friedhof.

Der König hatte darauf bestanden, alles zu Fuß abzulaufen und so folgte ihm eine große Menschentraube. Auch Peter-Johannes marschierte mit. Gegen Mittag war alles besichtigt und für gut befunden worden, von den hohen Herrschaften wurde ein Mittagsmahl eingenommen und anschließend für die Weiterfahrt gerüstet. Der König wollte über Nordhastedt und Albersdorf, durch die Geest nach Hademarschen weiterreisen.

Plötzlich war ein Bauer nicht zu überhören, der sich lauthals darüber beklagte, dass bei ihm am gestrigen Abend Haus und Hof ausgeräubert worden war.

Er verlangte, den König zu sprechen, um ihm sein Leid persönlich vorzutragen. Natürlich wurde er von den Bediensteten des

Königs und den Wachen des Ortes zurückgehalten. Aber viele Anwesenden teilten seine Empörung und beschwerten sich gleichermaßen über vorgekommene Diebstähle.

Auch wurde laut erzählt, dass am gestrigen Abend an verschiedenen Stellen des Ortes Pferdeschweife abgeschnitten worden waren. Peter-Johannes war diesbezüglich allerdings unschuldig. Andere Diebe hatten wohl auch die Gunst der Stunde genutzt. Zu viele waren betroffen. Wenn der König schon mal da war, wollten sie ihre Beschwerden auch endlich an oberster Stelle loswerden. Die Menge wurde immer lauter. Peter-Johannes zog sich unauffällig aus den ersten Reihen zurück, um nicht mitten im Geschehen zu stehen. Er wollte notfalls schnell verschwinden können.

Der Landvogt trat vor die Tür seiner Residenz und teilte der aufgebrachten Menschenmenge mit, dass der König persönlich zugesichert hätte, eine Militärabordnung zu senden, die die Diebe fassen und für Ruhe und Ordnung im Ort und in der näheren Umgebung sorgen sollte.

Damit war die Menge zufrieden und wurde allmählich ruhiger. Bald machten sich die meisten auf den Heimweg. Einige blieben aber noch, um die Abreise des Königstrosses anzusehen. Die Glocken wurden wieder geläutet, als sich die Gruppe in den Kutschen eingefunden und zum Aufbruch bereit war. Mit Hurra und Hoch-lebe-der-König wurde der Tross verabschiedet.

Peter-Johannes war erst einmal beruhigt. Wieder war er gut davongekommen. Mit verschiedenen Bekannten hatte er auch gesprochen und war wie immer nett und höflich zu ihnen gewesen.

Aber schon für diesen Abend hatte er eine neue Unternehmung geplant. Er hatte sich überlegt, dass er ein bisschen auf Vorrat stehlen müsste. Denn wenn tatsächlich eine Militärabteilung in den Ort kommen sollte, würde es erheblich schwerer werden, einzubrechen und zu plündern. Er hatte sich vorgenommen, so zu reiten, dass er gleich in Richtung Lunden unterwegs sein würde, um seine Beute dort in seinem Versteck zu verbergen.

*

Am Abend zog so dichter Nebel auf, dass er fast die Hände vor den Augen nicht sehen konnte. Aber das störte ihn nicht. Er hatte seinen Aschenbeutel wieder umgehängt, und verrieb die Asche unterwegs in Haar und Gesicht.

Er konnte wegen des dichten Nebels nicht weit voraus sehen, kannte aber die Wege, die er ritt, inzwischen so gut, dass ihm das keine Probleme bereitete.

Bizarre Gebilde erschienen immer wieder vor seinen Augen und er musste sich bewusst machen, dass das keine Geisterwesen, sondern nur Bäume oder über den Weg ragende Äste waren, die durch den Nebel plötzlich so unwirklich aussahen. Die Huftritte seines Grauen schallten auf den völlig ausgetrockneten Wegen.

Irgendetwas beunruhigte Peter-Johannes, aber er führte das auf die wunderliche abendliche Nebelstimmung zurück. Kurz vor Rehm wäre er fast mit einer Kutsche zusammengestoßen. Er hatte sie nicht stehen sehen und wäre sein Grauer nicht plötzlich stehen geblieben, wären sie hineingaloppiert. So stieg er schnell vom Pferd, holte sein Messer vor und schnitt den Kutschpferden die Schweife ab.

Eilig stieg er wieder auf, verstaute die Schweife in seinen Beuteln und machte, dass er weiterkam. Am ersten Haus in Lunden band er sein Pferd an einen in der Nähe stehenden Baum, spähte durch die Fenster des gedrungenen Häuschens, stellte fest, dass kein Licht brannte und schlich um das Gebäude herum, um einen günstigen Einstieg zu finden. An der Rückseite war die Tür nicht verschlossen. Er dachte: Ein Geschenk für den König der Diebe, und betrat leise das Haus.

Er griff eine lange Pfeife, die ihn an frühere Zeiten erinnerte, nahm einen Hut von der Ablage, den er sich gleich aufsetzte, um die Hände frei zu haben, fand im Wohnzimmer eine Uhr und Tabak, stahl aus einer Schublade einen Beutel mit Geldstücken und verschwand ebenso lautlos, wie er gekommen war.

Der Bodennebel war inzwischen fast noch dichter geworden, aber der Vollmond bahnte sich schon seinen Weg. Zügig ritt er zu seinem Versteck, band aber aus einem für ihn unerklärlichen Grund sein Pferd etwa einhundert Meter vorher an einem Baum fest.

Er versteckte seine Beute und sah nach, ob Hansen vielleicht etwas vergessen hatte.

Er verschloss die Tür von außen und drehte sich um. Gerade malte er sich aus, was er von dem Geld kaufen wollte. Neue Kleidungsstücke wären nötig, die Futtervorräte für den Grauen könnten auch noch reichlicher sein.

Da stürzte er, von einem unerwarteten Schlag gegen die Schulter getroffen, auf die Knie. Mit wütendem Gebrüll fielen zwei Männer über ihn her.

„Haben wir dich endlich, du widerlicher Kerl! Jetzt lernst du uns kennen!"

Ein Kinnhaken traf ihn, eine Faust landete in seinem Magen. Er krümmte sich vor Schmerz, hatte nicht einmal Zeit, den Schreck zu verdauen, als ihn der nächste Schlag mit voller Wucht am Brustkorb traf. Der zweite Mann hatte auch zugeschlagen. Ein Horn wurde geblasen und ihm schwante Fürchterliches. Tatsächlich hörte er gleich darauf:

„Wir haben ihn, kommt alle her, wir haben ihn endlich!"

Peter-Johannes schlug wild um sich. Die Todesangst ließ ungeahnte Kräfte in ihm entstehen. Er holte aus, riss sich los, schlug mit Fäusten und Füßen, griff sein Messer und stach in wilder Panik um sich. Schmerzensschreie erfüllten die Luft genauso wie heraneilende Schritte.

„Haltet ihn fest, wir sind gleich da!"

Sein Messer traf den einen damit am Arm und verletzte einen Anderen am Hals. Eine Forke traf ihn und steckte in seinem Arm fest. Vor Schmerz aufschreiend stürzte er erneut. Das riss seinem Angreifer die Forke aus den Händen. Er hörte ein hölzernes Krachen und verspürte erneut einen jähen Schmerz im Arm. Einen, der sich auf ihn werfen wollte, musste der Stiel erwischt haben. Dabei wand sich die Forke aus dem Arm von Peter-Johannes.

Geistesgegenwärtig wälzte er sich in die andere Richtung und hatte so zwei entscheidende Meter Abstand zu seinen Angreifern gewonnen.

Er sprang auf und lief los, ehe sie recht gewahr wurden, was passiert war. Hinter sich hörte er die keuchenden Verfolger. Er lief, so schnell es seine Verletzungen zuließen, hatte aber den Vorteil auf seiner Seite, dass jene dann und wann innehalten mussten, um mit den Ohren neu die Richtung seiner Flucht abzuschätzen. Er erreichte den Grauen, band ihn ab und sprang mit letzter Kraft in den Sattel.

In wildem Galopp stob er davon, hinter sich Pferdegetrappel und laute Rufe der Nachfolgenden hörend. Der Nebel war seine Rettung. Er bog in einen Feldweg ein, hetzte sein Pferd über Gräber und Koppeln, verließ sich darauf, dass sein Grauer nicht stolpern würde und lenkte ihn kreuz und quer durch die Gegend, bis er hinter sich nichts mehr hörte.

Dann verlangsamte er das Tempo. Ihm war übel und schwindelig. Sein Arm pochte, das Blut rann herunter. Sein Kopf und der Nacken schmerzten und ihm liefen die Tränen über das Gesicht. Der Schock der vergangenen Minuten erreichte ihn erst jetzt.

Sie hatten ihm aufgelauert. Gott verdammt, sie hatten ihm aufgelauert und er war ihnen ins Netz gegangen. Beinahe wäre es um ihn geschehen gewesen. Wie waren sie nur auf dieses Versteck gekommen, fragte er sich. Wie gut, dass er den Grauen weiter weg angebunden hatte. Er bemerkte, dass er nicht genau wusste, wo er war. An einem Weg war er zwar inzwischen angekommen, aber wegen des Nebels fehlte ihm die Orientierung.

Auf keinen Fall wollte er den Hauptweg nach Heide nehmen. Er hatte große Angst davor, dass die aufgebrachten Männer ihm dort ebenfalls auflauern würden. Wenn sie ihn ergriffen, wäre dass sicher sein Todesurteil.

Er wusste nicht, was er tun sollte und ob er sich nach Hause trauen könnte. Das Blut floss immer noch und er versuchte, sich mit dem Halstuch die Wunde zu verbinden. Das gelang ihm auch nach einigen Versuchen. Er band es fest um den Arm.

Sein Pferd war währenddessen immer weiter getrabt und plötzlich erkannte Peter-Johannes den Weg. Er befand sich auf der Höhe von Weddingstedt und würde einen Umweg über Ostrohe nehmen, um von Süd-West nach Heide zu reiten. Er überlegte, ob er erkannt worden war, schloss es aber aus, denn niemand hatte seinen Namen gerufen.

Also ritt er weiter durch den inzwischen immer lichter werdenden Nebel. Der Vollmond leuchtete jetzt vom Himmel und wies ihm den Weg. Vorsichtig ritt er im Schritt in Heide ein und begab sich langsam und ziemlich erschöpft zu Hansen. Er glitt vom Pferd, schleppte sich zur Hintertür, ging ins Haus, rief nach ihm und brach ohnmächtig zusammen.

Auf einem alten abgewetzten Sofa kam er zu sich. Qualvoll setzte er sich auf. Brennend stechende Schmerzen durchflossen ihn. Er schaute auf seinen Arm, der mit einem schmutzigen Tuch umwickelt war.

„Na, mein Junge, da bist du wohl noch mal davongekommen",
hörte er Hansen leise hinter sich. „Was ist passiert, Ohloff, wo
haben sie dich abgefangen?"
Peter-Johannes erzählte, was geschehen war.
„Was ist mit meinem Arm, Hansen? Hast du etwas auf die
Wunde geschmiert oder nur dieses ekelhafte Tuch darum gewi-
ckelt?" Er begann, das verdreckte Tuch vorsichtig zu entfernen,
ehe Hansen antworten konnte. Als er die Wunde sah, die die
Forke hinterlassen hatte, wurde ihm übel. Dick angeschwollen
und blutverkrustet war sein Arm. Hansen hatte nichts weiter
gemacht, als ihn auf das Sofa zu legen und ein gerade herum-
liegendes Tuch um die Wunde zu binden.
Peter-Johannes war entsetzt. Ihm war klar, dass er einen Arzt
brauchte, aber keinen holen konnte.
„Hansen, bitte geh in mein Haus. Auf dem Dachboden liegen
Kräuter zum Trocknen aus. Hol mir Kamille, Arnika und Spitz-
wegerich. Vielleicht sind auch noch Ringelblumen da. Wenn
ja, bringe eine Handvoll mit. Dann koch bitte einen Sud auf,
lass ihn auskühlen und wickle mir den Brei auf die Wunde.
Den Rest gibst du mir als heißen Tee zum Trinken. Mensch,
jetzt starre mich nicht so an und hole alles. Und bitte Hansen,
beeile dich, sonst sterbe ich vielleicht." Nach dieser langen
Rede fiel ihm der Kopf in den Nacken und er schlief erschöpft
ein.
Ein merkwürdiger Geruch ließ ihn wieder zu sich kommen.
Hansen stand mit einem dampfenden Becher Tee vor ihm und
versuchte, ihm etwas davon einzuflößen. Mit Beruhigung stellte er fest, dass sein Arm anders verbunden war als vorher. Er
richtete sich auf dem Sofa etwas gerader auf, nahm Hansen den
Becher ab und trank, soviel er konnte.

„Danke Hansen. Wenn der Kräuterwickel hilft, hast du mir vermutlich das Leben gerettet." Er legte sich nach dem Leeren des Bechers zurück und schlief gleich wieder ein.

Ein Alptraum ließ ihn nicht zur Ruhe kommen. Er träumte davon, gestäupt zu werden. Er sah sich an die Stäupsäule, den Prangerpfahl, gebunden und wurde von Umherstehenden mit Reisigbündeln, in denen scharfe Metallteile und Steine eingebunden waren, geschlagen, bis er fast verblutet war. Mit einem lauten, verzweifelten Hilfeschrei wachte er spät in der Nacht auf. Er hatte Angst in diesen Traum zurückzusacken und zwang sich, gänzlich wach zu werden. Benommen sah er sich um.

Hansen saß neben ihm auf einem Korbstuhl und schnarchte laut. Er war seinem Kumpel dankbar, dass der neben ihm Wache hielt. Das hätte er diesem Raubein gar nicht zugetraut. Vorsichtig entfernte er den Kräuterumschlag, um sich seine Wunde anzusehen. Die Schmerzen waren nicht sonderlich zurückgegangen, aber so schlimm wie vor einigen Stunden war es nicht mehr.

Die Wunde blutete nicht mehr und Eiter konnte er auch nicht entdecken. Das beruhigte ihn etwas Hansen wachte auf, wohl wegen Peter-Johannes Stöhnen beim Abnehmen des Verbandes und schaute ihn fragend an. „Geht's wohl wieder?", fragte er. Peter-Johannes nickte. Hansen erzählte, dass er den Grauen im Stall versorgt hatte und beim Apotheker, der ihm noch einen Gefallen schuldete, etwas Alkohol zum Auswaschen der Wunde geholt hatte.

Sie beratschlagten, was jetzt zu tun sei. Hansen war der Meinung, Peter-Johannes müsse außer Landes gehen, aber der war davon gar nicht angetan.

Er hatte seinen geliebten Heimatort noch nie für mehrere Tage verlassen. Im Moment wünschte er sich Geborgenheit. Er wollte einfach daliegen können.

„Lass mich noch bis morgen hier. Was soll ich sonst ohne deine Hilfe machen?", jammerte er und erweichte doch tatsächlich Hansens Herz. Bis zum nächsten Tag wollten sie beide mit einer endgültigen Entscheidung warten. Hansen wollte sich im Ort umhören, welche Gerüchte kreisen. Vielleicht brachte auch irgendein Kunde Nachrichten mit.

Am nächsten Tag, als Peter-Johannes gegen Mittag wach geworden war, saß Hansen wieder neben ihm und berichtete. Die Lundener hatten am Vorabend alle Ortsausgänge mit Wachen versehen. In eine dieser Fallen war Peter-Johannes offenbar geraten. Erkannt worden war er nicht. Die Beschreibung des angeblichen Täters fiel eher vage aus, denn groß, kräftig und stark, schnell, behände und brutal soll er gewesen sein. Ein Pferd hätte er dabei gehabt, das aber wegen des dichten Nebels nicht beschrieben werden konnte. Nur darin, dass es ein dunkles Pferd gewesen war, waren sich die Lundener einig.

„Da hast du wieder mehr Glück als Verstand gehabt, mein Junge. Und ich bin froh, dass ich vor einigen Tagen noch deine erbeuteten Sachen rausgeholt habe."

Peter-Johannes war sichtlich erleichtert. Er bat Hansen darum, ihm ein kräftiges Essen zu bereiten. Eine ganze Weile später kam er mit einem gefüllten dampfenden Teller, auf dem ein riesiges Stück Schweinebauch und einige völlig verkochte Kartoffeln lagen. Peter-Johannes grinste verlegen, als Hansen ihm den Teller mit den Worten: „Koch bin ich nicht, aber für dich hab ich mir große Mühe gegeben!", überreichte. Salz und Pfeffer fehlten, aber er war dankbar von Hansen mit so viel Mühe versorgt zu werden. Es ging seinem Arm schon besser und das

135

Fieber hatte nachgelassen. Den Krautwickel konnte er jetzt schon selbst erneuern und den Lappen, der das Ganze am Arm festhielt, legte er in kochendes Wasser, bevor er ihn erneut über die Wunde legen würde.

Hansen sah ein, dass es besser für Peter-Johannes wäre, wenn er eine weitere Nacht bliebe. Knurrend bestand er aber darauf, dass er am Folgetag nach Hause müsse, weil er selbst, wie er sagte, zu viel Arbeit hatte, ihn zu beherbergen. Vielleicht beschönigte er auch die Berichte um einen Kranken nicht zu verunsichern und es war doch mehr über ihn bekannt. Er kannte Hansen noch immer schlecht, aber so viel Zartgefühl traute er ihm zu.

Am nächsten Morgen brachte Hansen die Zeitung mit und gab sie Peter-Johannes mit den Worten: "Für dich sind die ruhigen Zeiten dann erst mal vorbei."

Beklommen blätterte er die Seiten durch, bis er den betreffenden Text fand.

Am heutigen Tage ist in Lunden eine Militärabteilung von 50 Mann aus Schleswig eingerückt.
In Heide ein ähnliches, aber mit 150 Mann
aus Rendsburg und Itzehoe zahlreicher als das
Lundener. Die Meinungen über den Zweck dieser Maß-
regel sind verschieden, die beliebteste jedoch ist diejeni-
nige, dass das Militär zur Sicherung des Eigentums
und zur Habhaftmachung der Diebe mitzuwirken sei.

Aber damit nicht genug. Er einen weiteren Artikel:

Nach Beschluss des Vorsteherkollegiums der Landschaft
* Norderdithmarschen wird demjenigen, der zuversicht-*
lich anzeigen und bis zur Überführung dartun kann, dass von

diesem oder jenem das Verbrechen des diebischen Abschnei-
dens von Pferdeschweifen und Mähnen verübt wurde, eine Be-
*lohnung von **Einhundert Taler** und demjenigen, der den einen*
oder den anderen hier in der Landschaft des hehlerischen An-
kaufs gestohlener Pferdehaare auf überführende Weise anzei-
*gen kann, eine Belohnung von **Einhundert Taler** aus der*
Landeskasse zugesichert und solches hiermit öffentlich bekannt
gemacht.

So weitermachen kam nicht in Frage. Er überschlug, seine Einnahmen. Wenn er sich einschränken würde, könnte er damit ein
paar Monate durchhalten. Er würde öfter bei Hansen im Laden
arbeiten, so käme vielleicht noch etwas dazu.
Mit diesen beruhigenden Aussichten lehnte er sich zurück und
schlief ein.
Nach dem Aufwachen und nachdem hatte er diese unangeneh-
men Nachrichten einigermaßen verdaut. Er erhob sich und ging
mit wackeligen Beinen zu Hansen in den Verkaufsraum. Dieser
berichtete ihm, dass der Lundener Getreidehändler inzwischen
bei ihm gewesen sei. Er hatte Schweigegeld gefordert, weil er
anderenfalls eine Anzeige gegen Peter-Johannes erstatten würde.
„Ich habe ihm zweihundert Taler geboten. Jetzt hält er den
Mund. Also, mein Junge, aus der Ecke haben wir nichts mehr
zu befürchten."
„Was für ein Glück, dass du soviel Geld in der Kasse hattest!
Aber wie soll ich dir das Geld denn je zurückzahlen? Zweihundert Taler!"
Hansen lachte auf. „Ne, ne, so reich bin ich selbst nicht! Weißt
du nicht, dass man Schweigegeld nach und nach auszahlt?
Sonst geht er doch gleich los und holt sich die öffentliche Be-
lohnung noch Oben drauf! Zwei Taler im Monat sind abge-

macht, einen übernehme ich. Das geht schon in Ordnung. Schließlich war ich mit meinem Vorschlag daran beteiligt, dass du in die dumme Situation geraten bist. Ist für mich außerdem eine gute Investition in die Zukunft. Und solange hier das Militär rumstiefelt, leih ich dir natürlich deinen Anteil. Und weißt du, was das Beste ist?", dröhnte Hansen, während seine Pranke so hart auf der Schulter von Peter-Johannes landete, dass dieser sich irgendwo festhalten musste.

„Er hat selber Dreck am Stecken. Ich habe ihn mal dabei erwischt, wie er Getreidesäcke stahl. Wir zahlen ihm ein paar Monate, vielleicht ein Jahr sein Geld und dann hören wir einfach auf damit. Dann soll er dich mal anzeigen! Da fragen die doch sofort, warum er ihnen erst jetzt damit kommt. Ne, ne, das traut der sich dann gar nicht mehr."

Sie vereinbarten, dass er kurz nach Einbruch der Dunkelheit nach Hause gehen würde. Hansen würde ihn begleiten, um die Wassereimer an der Pumpe zu füllen.

Sie besprachen sich dahingehend, den Nachbarn bei deren Nachfragen zu erzählen, dass Peter-Johannes wegen einer heftigen Erkältung auf die Hilfe seines Teilhabers angewiesen gewesen war.

Immer noch etwas wackelig auf den Beinen kam Peter-Johannes zu Hause an und begrüßte zuallererst seinen Grauen im Stall. Der wieherte ihm freudig entgegen. Gleich fühlte er sich heimisch und atmete kräftig durch. Hansen pumpte währenddessen einige Eimer Wasser und schleppte sie ins Haus und in den Stall.

Durch seine längere Abwesenheit war die feuchte Kühle der letzten Tage ins Haus gekrochen. In der Küche zündete Peter-Johannes deshalb das Herdfeuer an.

Dann wollte Hansen gehen. „Ja wirklich, danke noch mal", sagte Peter-Johannes. „Na ja, war doch selbstverständlich", entgegnete Hansen.

Beide wussten nicht, was sie sagen sollten. Die gemeinsamen Tage hatten ein Band zwischen ihnen geknüpft. Aber sie hatten wenig geredet. Keiner wusste etwas Passendes dazu zu sagen. Und so standen sie sich einen Moment lang gegenüber wie schüchterne Kinder, bis Hansen sich einen Ruck gab. Peter-Johannes setzte sich an den Küchentisch und legte das Geld, das er bekommen hatte, vor sich hin.

Arm war er nicht, er würde auskommen ohne zu stehlen. Was er in nächster Zukunft machen wollte, wusste er noch nicht genau. Auf jeden Fall würde er ab und zu bei Hansen im Trödelladen aushelfen.

Herbst und Winter standen vor der Tür und die Zeiten waren nach wie vor schlecht. In diesem Jahr hatte es wegen der großen Dürre wieder erhebliche Ernteeinbußen gegeben. Die Armut im Norden hatte sich außergewöhnlich verstärkt. Immer mehr Menschen vom Land suchten in den größeren Orten Unterschlupf, Arbeit und Nahrung. Sie kamen mit Hoffnungen und waren am Ende oft aufs Betteln verwiesen.

Er sah sich seine Wunden genauer an. Sie verheilten ganz gut. Drei Einstiche konnte er erkennen, aber so groß, wie er noch vor einigen Tagen dachte, waren sie nicht. Wenn er Glück hatte, würden nur kleinere Narben zurückbleiben. Zufrieden begann er sich für die Nacht vorzubereiten. Er stieg in die Schlafkoje und schlief ein.

Die nächste Zeit schleppte er sich mit Müßiggang und Gedanken dahin. Würde der Bauer aus Lunden still bleiben, so wie es Hansen sich gedacht hatte? Und sein eigenes Verhältnis zu Hansen? War er sein Freund oder war auch der Mut, ihn krank aufzunehmen, nur eine Investition gewesen, die sich später rentieren sollte? Allerlei Fragen beschäftigten ihn.

Die Wunde am Arm verheilte inzwischen restlos und er hatte keine Probleme, den Arm vollständig zu bewegen. Die Muskeln bauten sich wieder auf, weil er im Haus und im Stall notwendige Reparaturen durchgeführt hatte.

Am Dach hatte er einige undichte Stellen entdeckt, die er ausbesserte. Im Stall waren einige Mauersteine von ihm ausgetauscht worden. Oft machte er kleine Ausritte. Manchmal kam er mit einigen der allgegenwärtigen Militärs in Kontakt.

Er fragte sie, ob sich ihre Einsätze lohnten. Sie erzählten dann, was sich ergeben hatte, aber außer kleineren Delikten, wie Diebstahl von den abgeernteten Feldern oder kleineren Einbrüchen, war nichts Nennenswertes gewesen. Peter-Johannes erzählte seinerseits, dass er Teilhaber eines Trödlers in Heide sei und lud sie ein, in den Laden zu kommen, wenn sie etwas zu verkaufen hätten.

Die Arbeit bei Hansen war nicht schwer und man lernte interessante Leute kennen. Auch die Soldaten hatten immer etwas zu kaufen oder zu verkaufen. Mit einem, Hermann Stak, der erst zweiundzwanzig Jahre alt war und aus Tönning stammte, unterhielt er sich besonders gern. Dessen Fröhlichkeit, sein gerader, offener Blick und seine Ausdrucksweise gefielen Peter-Johannes. Der Soldat brachte immer wieder Kleinigkeiten, die er bei Hansen verkaufen wollte. Im Feilschen um den Preis war er unschlagbar. Hansen meinte einmal: „Der redet so lange, bis ich froh bin, wenn er wieder geht. Da gebe ich ihm lieber, was er fordert."

Peter-Johannes hatte mitunter das Gefühl, dass Hermann, mit dem er sich inzwischen duzte, nicht immer nur sein Eigentum veräußerte. Aber er behielt seine Vermutung für sich und wollte die Sache im Auge behalten.

Ab und zu ging er mit Hermann ein Bier trinken. Bei dieser Gelegenheit versuchte er immer wieder herauszubekommen, wo die Soldaten gerade Kontrollgänge machten. Hermann erzählte das auch bereitwillig.

Aber es gab nicht nur festgesetzte Postengänge, sondern viele Soldaten bekamen auch täglich neue Routen. Im Moment war stehlen zu riskant und die Schweife der Militärpferde wedelten, als wollten sie den König der Diebe verhöhnen.

Hermann interessierte sich für alles Militärische. Viel wusste Peter-Johannes nicht darüber.

Immerhin konnte er ihm die Sandsteinplatte an der Kirche erklären. In der Schulzeit hatte die Klasse mit dem Schreiblehrer einen Ausflug dorthin gemacht und erzählt, dass der große Sühnestein aus dem Jahr 1559 stammte und die Inschrift davon erzählte, dass Rode Martens Frens von Johann Offen ermordet worden war.

Die Inschrift eines anderen großen Sandsteins zog die Aufmerksamkeit der Jungen viel mehr an. Denn hier war, so berichtete der Lehrer, in russischer Schrift zu lesen, ein Marschall des Fürsten Menzikoff, Kusma Patrekieff, beerdigt worden. Und das war erst ungefähr einhundert Jahre her, nämlich im Juni 1713.

Gespannt hatten die Knaben den abenteuerlichen Geschichten gelauscht, und so konnte Peter-Johannes heute auch weitergeben, dass sein Namensvetter, der Zar Russlands, Peter der Große, bei einer Durchreise in Heide Station gemacht hatte und das Geld für die Steinplatte bezahlt haben soll.

Ebenso konnte er Hermann von den Kosaken berichten, die auf dem Heider Marktplatz campiert hatten. Die waren zwar kurz vor der Geburt von Peter-Johannes abgezogen, aber an langen Winterabenden hatte er diese alten Geschichten von seinen Eltern erzählt bekommen.

Er war dankbar für Hermanns Gesellschaft und nahm die Einladung an, mit ihm und einigen anderen Soldaten an Weihnachten zum Tanz zu gehen. Peter-Johannes freute sich darauf, erzählte Hermann aber von der Tradition, dass die Armen an diesem Tag durch den Ort zogen, um Spenden zu erbetteln. Deswegen wollte er nicht allzu früh weg. Seine Tür sollte nicht die einzige sein, die verschlossen blieb. Letztes Jahr hatte er überdies selbst Hilfe empfangen (Details ließ er fort.). Nun würde er davon zurückgeben.

Hermann war dieser Brauch nicht bekannt. Bei ihnen in Tönning fand noch jeder seinen Schwager, der ihn an Weihnachten in seine Familie lud. Aber aus Rücksicht auf ihn wollte er auch später hingehen.

Peter-Johannes hatte für diesen Tag vorgesorgt, hatte beim Bäcker einige Brotlaibe extra gekauft. Seinen Vorrat an Äpfeln, Wurzeln und anderen Lebensmitteln hatte er durchgesehen, um soviel wie möglich an die Armen zu verschenken. Heißen Tee hatte er vorbereite, damit er bei den eisigen Temperaturen dieses Weihnachtstages an die Bedürftigen ausschenken konnte.

Es kamen etliche Bettler an seine Tür, viel mehr, als er geglaubt hatte. Er war erschüttert. Als er nach einem zaghaften Klopfen die Tür öffnete, sah er ein kleines Mädchen, das im zerschlissenen Kleid, nur mit einer leichten Jacke darüber, um Almosen bat. Sie trug trotz der Kälte keine Kopfbedeckung und hatte kaputte, abgelaufene Schuhe an. Er holte sie ins Haus, gab ihr heißen Tee, suchte in den Kleidern seiner Mutter nach einem alten Wollpullover und bat sie, diesen überzuziehen.

Er legte ihr einen Laib Brot in ihr Körbchen, ein Stück Käse, etwas von seinem Butterblock und verschiedenes Gemüse. Er fragte nach den Eltern des Kindes. Als er hörte, dass der Vater eines Tages einfach verschwunden war und die Mutter kränkelnd im Bett lag, gab er ihr noch einige Schillinge. Die Kleine war sichtlich überwältigt von der Menge der Gaben und konnte gar nicht genug für seine Güte danken. Sie strahlte über das ganze Gesicht, als sie das Haus verließ.

Peter-Johannes war von Mitleid aufgewühlt und freute sich umso mehr, gleich mit Hermann zum Tanz zu gehen. Er machte sich so fein er konnte und begab sich auf den Weg zu Hermanns Unterkunft. Der war mit einem Kumpel gemeinsam bei einer alten Witwe in der Österweide einquartiert worden.

Zu dritt marschierten sie aufgeregt los. In einem alten Stall, am nördlichen Ortsausgang gelegen, sollte der Tanz stattfinden. Der Stall mit seinen acht mal dreizehn Metern war zwar ziemlich groß, aber für die Menge, die heute gekommen war, reichte er eigentlich nicht aus.

Der Eintritt betrug vier Schillinge. Sie kramten die Münzen hervor. Den Soldaten hinter ihnen dauerte das zu lange. Sie versuchten über die Schultern der kleinen Gruppe schon einen Blick auf die Mädchen im Saal zu erhaschen. Im Eintrittspreis war noch ein Glas Eierwein enthalten. Es wurde außerdem Bier angeboten und Apfelsaft.

Dicht gedrängt saßen schon viele auf langen Holzbänken, die an den Außenseiten des Raumes aufgereiht waren. Der Fleckenmusikus begrüßte alle eintreffenden Gäste mit einem herzlichen Willkommen. Eine Musikergruppe, die aus Handwerkern des Ortes bestand und sich hier ein kleines Zubrot verdiente, hatte sich an dem einen Ende des Stalles niedergelassen und spielte auf.

Die Paare formatierten sich und der Tanz begann. In der Mitte des staubigen Raumes drehten sie sich in zwei ineinander geschlungenen Kreisen um sich selbst.

Gelächter und Gespräche erfüllten den Raum und die ausgelassene Stimmung steckte alle Anwesenden an. Hermann und sein Kumpel hatten keine Mühe, in ihren herausgeputzten Uniformen das Interesse der Mädchen zu erregen.
Sie waren längst in Richtung Tanzfläche verschwunden.
Peter-Johannes stand mit seinem Glas Eierwein allein in einer Ecke und schaute sich das Treiben eine Weile an.
Der Saal war mit Sand ausgestreut worden. Die Wände waren mit Tannengrün geschmückt und mit Kerzen festlich beleuchtet. Es wirkte sehr lebendig. Er dachte an den Frühling. Die Kälte war durch die drangvolle Enge der Menschenmenge nicht zu spüren. Erhitze Gesichter strahlten ihm entgegen.

Die fröhliche Stimmung machte auch ihn übermütig und er sah sich nach einer Tanzpartnerin um. Sein Blick blieb an einem Mädchen hängen. Es stand ihm gegenüber im Kreise ihrer Freundinnen, deren Lachen drang zu ihm herüber. Sie mochte die Zurückhaltendste des kleinen Kreises sein, aber auch ihre Augen leuchteten vor Unternehmungslust. Ihr dunkles Haar fiel die Schultern herunter. War es Zufall, dass sich ihre Blicke schon wieder begegneten? Täuschte er sich, dass er aus ihrem Blick eine Botschaft ablesen konnte? Eine Aufforderung, sie zum Tanz zu holen?
Er war nicht geübt, solche Signale zu deuten. Er wurde ganz schüchtern. Er erwischte seine Hände dabei, wie sie an seinen Ärmeln nestelten. Das musste ihr wohl einen etwas kläglichen Anblick bieten. Aber da schaute sie wieder herüber. Augenscheinlich immer noch freundlich. Schließlich überwand er sich, ging auf sie zu und bat sie höflich um diesen Tanz. Sie nahm lächelnd an, und eine nie gekannte Freude durchzog sein Herz.

Er umfasste ihre schlanke Taille und in schwungvollen Drehungen bewegten sie sich im Rhythmus der Musik über die Tanzfläche. Ihr dunkelrotes Kleid aus weichem, leichtem Stoff, in der Taille mit einem breiten Band geschnürt, folgte im Bund bauschend ihren Bewegungen.

Peter-Johannes fragte sie nach ihrem Namen. Sie hieß Constanze Stolz und war die Tochter des Schlachters von Meldorf. Er kannte ihren Vater flüchtig vom Heider Wochenmarkt und so kamen sie gut ins Gespräch. Natürlich wollte Constanze auch wissen, wer er denn sei. Er berichtete von seiner Teilhaberschaft bei Hansen.

Das fand Constanze gar nicht so angenehm. Sie rümpfte die Nase und meinte: „Den besten Ruf hat dieser Hansen aber nicht gerade. Selbst in Meldorf gibt es Gerede über ihn. Er soll schon des Öfteren wegen Hehlerei mit den Behörden zu tun gehabt haben."

Das machte ihn verlegen. Er wollte sich eigentlich nicht rechtfertigen und meinte darum nur: „Geredet wird in Heide auch viel. Lass uns doch weitertanzen und Spaß haben."

Nach einiger Zeit brauchten sie eine Pause. Er fragte Constanze, ob er ihr etwas zu trinken holen dürfte, was sie bejahte. Er holte ein Glas Eierwein.

Constanze drang erneut auf ihn ein wegen seines Lebensunterhalts. „Schlechtes wird den Menschen schnell nachgesagt." Und er erzählte die Geschichte mit seinem Apfeldiebstahl und dem Fensterbier. Dass er der Junge war, den sie wegen des Diebstahls bezichtigt hatten, verschwieg er. Diese Geschichte schien sie vorerst zufrieden zu stellen und sie kamen auf andere Themen.

Viele der Anwesenden kannten sie. So gab es immer Anlass zu einen Kommentar.

Hermann gesellte sich kurze Zeit später zu ihnen und stellte seine Tanzpartnerin Anna Marie vor. Sie berichtete, dass sie als Dienstmagd bei einem Schuster im Schumacherort arbeitet und genau wie Hermann aus Tönning kam. Augenscheinlich kannten sich Anna Marie und Constanze. So kamen sie schnell ins Gespräch.

Sie waren den ganzen Abend beieinander.

Am liebsten hätte Peter-Johannes den ganzen Abend nur mit Constanze getanzt, aber da sie auch bei anderen jungen Männern sehr begehrt war, musste er mit einer weiteren Aufforderung warten. Er tanzte dann noch mit anderen. Es war allein schon dieses Gefühl über den Tanzboden zu schweben, an dem er Gefallen gefunden hatte. So unbeschwert war er schon lange nicht unter Leuten gewesen.

Schlag zehn stellten die Musiker ihr Spiel ein. Der Fleckenmusikus platzierte sich mit seiner Trompete an den Eingang des Stalles um das Ende des Festes bekannt zu geben. Das Weihnachtslied „Tochter Zion" wurde angestimmt und von allen mitgesungen.

Hermann und Anna Marie gingen untergehakt davon.

Peter-Johannes verabschiedete sich von Constanze und fragte mit klopfenden Herzen, ob sie sich wiedertreffen wollten. Constanze meinte schüchtern: „Ab März soll ich meinem Vater auf dem Wochenmarkt in seiner Fleischerbude helfen. Wenn du dann vorbeikommst, will ich dir gern ein besonders gutes Stück verkaufen."

Er sah ihr lange nach, wie sie mit ihren Freundinnen nach Hause ging. Endlich machte auch er sich auf den Heimweg. Er summte vor sich hin, pfiff ein kleines Lied dabei.

*

Hermann kam gleich am nächsten Tag zu Besuch. Er erzählte nur von Anna Marie.

Wie schön sie war, wie nett sie war, wie schlau sie war, wie adrett sie war, wie schön sie war, wie nett sie war, wie schlau sie war, wie adrett sie war.

Peter-Johannes amüsierte sich über die Schwärmereien seines Freundes. Als der erzählte, dass er Anna Marie heiraten wollte, sobald seine Militärzeit vorüber sei, war Peter-Johannes schon etwas sprachlos.

„Das geht ja schnell. Ihr kennt euch doch noch gar nicht, Hermann. Habt ihr das schon richtig entschieden oder sagst du das jetzt nur so daher?"

Hermann antwortete ihm, dass es Liebe auf den ersten Blick gewesen war, und er Anna Marie ganz bestimmt heiraten wollte. Den elterlichen Hof würde er sowieso erben und eine fleißige Dienstmagd wie sie würde gut auf den Hof passen.

„Und was ist mit dir und Constanze? Du hast doch fast nur mit ihr getanzt. Was wird denn daraus?"

Peter-Johannes wiegelte ab. Nett fand er Constanze. Aber verliebt sei er wohl noch nicht. Er erinnerte sich auch, wie er sich vor ihr hatte rechtfertigen müssen. Wer gab ihr das Recht dazu? Was war er ihr schuldig? In der beschwingten Atmosphäre bei Tanz und Trank hatte es ihn kaum gestört, aber wenn er sie heiraten wollte, würde sie sicher noch andere Fragen stellen und auch an anderen Tagen als Weihnachten, wo man gegeneinander festlich und milde ist, besonders bei Eierwein. Seinem Freund fasste er all seine Gedanken knapper zusammen: „Ich glaube sie ist etwas zu stolz."

„Die Zeit wird es zeigen", meinte Hermann.

„Na, so eilig wie du habe ich es jedenfalls wahrlich nicht." Er bekam dazu sogar ein spöttisches Lächeln hin.

147

Er versuchte, sich mit Hermann über dies und jenes zu unterhalten, aber er hörte immer nur: Wie schön sie war, wie nett sie war, wie schlau sie war, wie adrett sie war. Und so verabredete er sich mit Hermann für die kommende Woche.

Des schlechten Wetters wegen - es hatte erst tagelang geschneit und dann besonders stark gefroren - fand die Verabredung nicht statt. Das aber störte Peter-Johannes wenig. Er machte stattdessen gründlich sauber und sortierte einige alte Kleidungsstücke, die er bei besserem Wetter zu den Alten in die Rumpelkammer bringen wollte.

Er überlegte, ob er sich einen neuen Stuhl anschaffen sollte, weil er nur einfache Holzstühle besaß. Ein mit feinem Stoff bezogener Lehnstuhl stand bei Hansen zum Verkauf. Vielleicht konnte er einen guten Preis aushandeln um ihn zu erwerben. Er merkte, wie schwer es ihm schon fiel mit seinem Geld zu haushalten.

Ansonsten verbrachte er lange Abende damit, kleine Figuren aus Holz zu schnitzen. Einen Kirschbaum in seinem Garten hatte er im Herbst kräftig zurückgeschnitten. Auch einen alten Apfelbaum hatte er gefällt.

Die dicksten Äste und einige dickere Holzstücke benutzte er jetzt zum Schnitzen. Zunächst war er etwas unbeholfen. Seine ersten Tiere waren kaum zu erkennen. Aber die Zeit verging beim Schnitzen. Und jeden Abend legte er sich glücklich über seine neuen Fortschritte ins Bett.

Bald fertigte er Enten und Gänse, Schweine und Kühe mit viel Geschick. Die fertigen Figuren stellte er auf den alten Küchenschrank, wo er sie gut sehen konnte.

Die größte Herausforderung war es, seinen Grauen zu gestalten. Nie war er zufrieden.

Mal stimmte die Proportion der Beine nicht, mal schien ihm der Hals zu dick, mal hatte er das Gefühl, dass die Mähne nicht wild genug aussah.

Aber irgendwann war er fertig und voller Stolz und Zufriedenheit besah Peter-Johannes sein fertiges Werk.

Nachdem er viele Tiere hergestellt hatte, überlegte er, ob er nicht einmal etwas Anderes schnitzen könnte. Als er einen langen, nicht allzu dicken Ast in der Hand hielt, kam ihm die Idee, einen Wanderstock mit Verzierungen daraus zu formen. Die obere Griffseite versah er mit einem Habicht. Mit seinen einfachen Messern war alles sehr mühselig. Aber er hatte Spaß an dieser Arbeit und mit dem Resultat war er mehr als zufrieden. Eine Natter schlängelte sich förmlich um den ganzen Stock. Hier und da brachte er noch einige Dreiecke an. Dann betrachtete er sein Werk. Er hatte sicher den schönsten Wanderstock von ganz Dithmarschen hergestellt. Es folgten mit der Zeit noch einige andere, alle mit Tiermotiven verziert.

In der Küche und im Wohnraum reihte er sie auf und überlegte, ob er einige davon bei Hansen verkaufen sollte. Aber noch konnte er sich nicht davon trennen.

Zu seinem zweiundzwanzigsten Geburtstag im Februar sah er Hermann endlich wieder. Der entschuldigte sich für sein langes Fernbleiben und erzählte, dass er bis über beide Ohren in Anna Marie verliebt sei und sie häufig getroffen hätte. Die beiden seien sich einig geworden und wollten im Herbst tatsächlich in Tönning heiraten.

Hermann bestaunte die Schnitzarbeiten, nahm einige der Tiere in die Hand und meinte, dass ein Künstler an Peter-Johannes verloren gegangen sei. „Du, ich habe noch nirgends so schöne Wanderstöcke gesehen, wie diese hier! Dafür kannst du eine Menge Geld verlangen."

Das Abbild des Grauen legte er gar nicht wieder aus der Hand.

Sein Freund genoss das Lob und war auch etwas verlegen. Sie setzten sich an den Küchentisch um sich zu unterhalten. Hermann lud Peter-Johannes schon jetzt zu der anstehenden Hochzeitsfeier ein.

„Stell dich bitte auf eine große Feier ein. Die wird mindestens drei Tage dauern, weil ich doch Hoferbe bin und mein Vater sich nicht lumpen lassen will. Und als Hochzeitsgeschenk wünsche ich mir diesen Stock von dir", wobei er auf einen Stock zeigte, der als Griff mit einer Kuh verziert war.

„Ob ich mich allerdings von dem Stock trennen kann, weiß ich noch nicht", lächelte dieser vage, „aber wenn ich es kann, bringe ich ihn dir gerne zur Hochzeit mit."

Hermann hatte aber noch eine andere Nachricht, über die sich Peter-Johannes einerseits freute, anderseits aber auch ein wenig traurig war. Das Militär sollte wieder abgezogen werden. Schon im März werde die Truppe zurück nach Rendsburg ziehen. Die verbleibende Zeit wollten sie nutzen, um sich so oft wie möglich zu treffen, wobei Peter-Johannes davon ausging, dass das nicht so häufig vorkommen würde, da Hermann Anna Marie sicher den Vorrang geben würde. Hermann hatte noch zu berichten, dass in der kommenden Woche eine Theatertruppe ihr Kommen angekündigt hätte.

„Ich bringe Anna Marie mit. Vielleicht könnte man jemanden nach Constanze in Meldorf schicken. So oft gastieren doch keine Schauspieler in der Gegend."

Er war von dem Vorschlag angetan. Ob er allerdings Constanze bitten würde, wusste er nicht. Das schien ihm wegen des Aufwands doch ein etwas verfängliches Angebot.

Am Sonnabend darauf traf er sich mit Hermann und Anna Marie an der Kirche, um zum Theater zu gehen. Ein Stall in der Nähe des Schwanenteiches, der sonst zu landwirtschaftlichen

Zwecken benutzt wurde, wurde von jeher zu Theateraufführungen hergerichtet. Die darin stehenden Bänke wurden terrassenförmig angeordnet, sodass etlichen Gästen höhergelegene Sitzplätze zur Verfügung standen. Die Vorstellung war so gut besucht, dass einige Anwesende sogar auf dem Heuboden saßen. Während der Vorstellung warfen sie aus Schabernack Heu und Stroh zu den unter ihnen Sitzenden, was ihnen manchen bösen Blick einbrachte.

Peter-Johannes sah viele Leute, die aus anderen Orten nach Heide geströmt waren. Er schaute sich verstohlen um, ob Constanze vielleicht auch darunter war.

Er entdeckte sie in den vorderen Reihen in Begleitung eines jungen Mannes, den er nicht kannte. Betrübt beobachtete er, wie sie mit ihm tuschelte. Er versuchte sie zu vergessen und konzentrierte sich auf das heitere Theaterstück.

Auf dem Heimweg schwärmten Hermann und Anna Marie einmütig von dem Stück. Bevor sich an der Kirche ihre Wege trennten, teilte Hermann seinen Abmarsch mit.

„Auf dem Marktplatz werden wir Sonntag früh um zehn Uhr aufmarschieren. Der Landvogt will noch eine kleine Dankesrede halten und dann geht es zurück nach Rendsburg. Komm doch auch und sage mir auf Wiedersehen", bat er seinen Freund.

„Selbstverständlich werde ich da sein", antwortete dieser. „Komm doch mit Anna Marie am Abend vorher noch zu mir. Dann können wir deinen Abschied ein bisschen feiern." So wurde es dann abgemacht und sie wünschten sich eine gute Nacht.

Am Sonnabend schwelgten alle drei bald in Erinnerungen an die schönen Zeiten, die sie miteinander erlebt hatten. Hermann meinte, etwas Besseres als der Aufenthalt in Heide, hätte ihm gar nicht passieren können.

Hatte er doch hier die Liebe seines Lebens gefunden und Anna Marie stimmte ihm zu. Auch sie meinte, wenn sie nicht im Haushalt des Schusters in Heide untergekommen wäre, hätte sie ihren Hermann wohl nicht getroffen.

„Und du, mein lieber Freund? Wie ist es mit dir und den Frauen?", wollte Hermann wissen. „Ach lass gut sein. Das hat wirklich noch Zeit."

Irgendwie hatte der Abend durch diese Frage einen Riss bekommen. Sie unterhielten sich noch etwas über dies und das, aber das Gespräch wurde lahm und bald verabschiedete sich das junge Paar.

Am nächsten Morgen spazierte Peter-Johannes früh zum Marktplatz, um den Aufmarsch der Kompanie und deren Abmarsch in voller Länge anzusehen. Wie immer bei besonderen Anlässen wimmelte es in Heide schon von Menschen.

Über einhundert Soldaten standen aufgereiht mit ihrem Gepäck marschbereit und fast fünfzig berittene Soldaten hatten sich dahinter positioniert. So viele Pferde, dachte er, da müsste man doch…

Er konnte Anna Marie in der Menschenmenge nirgends entdecken, aber das machte nichts. Hermann nahm er in der vierten Reihe der Soldaten wahr und winkte ihm zu. Kleine Kinder hatten Fähnchen in der Hand, um zum Abschied zu winken, einige hatten sogar Schneeglöckchensträuße dabei. Die ersten Frühjahrsboten waren endlich aus der Erde gekommen.

Peter-Johannes mischte sich in die bunte Menge und erfuhr, dass manch einer froh war, dass die Soldaten endlich abzogen. Andere hingegen bedauerten, nun eine gute Einnahmequelle zu verlieren. Schließlich hatten sie einiges an Geld im Ort gelassen.

Der Landvogt erschien vor seinem Amtsgebäude, bedankte sich patriotisch bei den Soldaten für ihre Einsatzbereitschaft und bedauerte, dass nicht mehr Diebesgesindel gefasst worden war. Zwar seien die Diebereien zurückgegangen, aber die Landschaft hatte sich vom Einsatz der Truppe doch etwas mehr erhofft. Er wünschte eine gute Rückreise und verabschiedete die Soldaten.

Peter-Johannes war inzwischen hinter den Reitern angekommen und ging gemächlich eng hinter den Pferden vorbei. Hier standen sehr viele Menschen, die sich gegenseitig schoben und drängelten.

Er hatte sein Messer dabei, überlegte nicht lange und nutzte einen Moment, in dem die Menschen hektisch nach vorne drängten und ihn fast an die Pferde drückten. Tollkühn wie er war, schaffte er es tatsächlich, auf diese Weise zwei Pferden die Schweife unbemerkt abzuschneiden. Er amüsierte sich köstlich über diesen Schabernack. Schnell stopfte er das Pferdehaar unter seine Jacke und verschwand in der Menge.

Als er Hansen später von dieser Aktion erzählte, wollte der sich vor Lachen gar nicht mehr beruhigen.

„Willkommen zurück, Peter-Johannes! Dann kann es ja wieder losgehen. Mein Lager ist ziemlich geräumt."

Auch Peter-Johannes fand, die Zeit des Nichtstun müsse zu Ende sein, hatte er doch lange genug auf der faulen Haut gelegen und außer Schnitzen kaum etwas anderes gemacht. Erst jetzt merkte er, wie ihm seine Einbrüche trotz der letzten negativen Erfahrung in Lunden gefehlt hatten. Die Soldaten waren weg, das Wetter besserte sich zusehends und so stand neuen Aktionen nichts im Wege.

In der Zeitung las er, der König sei nicht gewillt, für die Soldaten aufzukommen. Die Zeitung beklagte sich auch und im Ort ging das Murren jetzt richtig los. Viele meinten erstaunlicher Weise, sie seien sowieso gegen die Soldaten gewesen. Sie hätten es von vornherein blödsinnig gefunden, dass sie angefordert worden waren. Andere schimpften, sahen aber ein, dass sie bezahlen mussten. Wie immer in Heide verfiel aber irgendwann alles wieder in den alten Trott.

Nach einem heftigen Sturm, der tagelang gewütet hatte, wurden im Ort Gerüchte laut. An der gesamten Strandseite von Wesselburen bis Büsum lägen riesige Mengen an Stoffballen. Ein Schiff aus England sei gekentert und hätte die wertvolle Ware verloren. Einige Stranddiebe seien schon inhaftiert worden und der Deichvogt wolle Wachen aufstellen lassen. Peter-Johannes erzählte Hansen davon und bat ihn, ihm Pferd und Fuhrwagen auszuleihen.

„Da fahr ich hin, Hansen. Am hellichten Tag werde ich uns die Stoffballen holen. Leg mir Schaffelle in den Wagen, dann kann ich unterwegs behaupten, eine Lieferung zu erledigen. Mensch, das wird ein Spaß!"

Der Wind war immer noch sehr heftig, aber er war voller Tatendrang und trieb das Pferd voran. Kurz hinter Wesselburen, lenkte er das Gespann über die flache Deichkrone und traute seinen Augen kaum. So weit das Auge reichte, lagen Stoffballen am Strand verteilt. Tuche wehten durch die Luft und verfingen sich im Strandhafer. Auch Holzplanken des gestrandeten Schiffes lagen verstreut herum. Das gäbe gutes Brennholz, dachte er.

Er lenkte das Fuhrwerk mühsam durch den Sand dorthin, wo er besser erhaltene Ballen erspähte und lud auf, soviel auf den Wagen passte. Er war nicht der einzige am Deich. Etliche Leute waren mit kleinen Handkarren, zu Pferd oder aus der näheren Umgebung zu Fuß gekommen, um von diesem unvorhergesehenen Segen zu profitieren.

„Der Deichvogt kommt!", erscholl plötzlich ein panischer Ruf. Alle versuchten zu verschwinden. Die Leute suchten mit ihren errafften Habseligkeiten das Weite.

Einige verloren ihr Diebesgut bei der eiligen Flucht und ließen es einfach liegen.

Ohloff sah den Deichvogt jetzt auch. Auf einem großen Schimmel kam er über den Deich galoppiert, aber er war noch weit weg von ihm am anderen Ende des Strandabschnitts. Hastig setzte er sich auf den Wagenbock und machte, dass er wegkam. Wieder davongekommen, dachte er. Die mitgebrachten Schaffelle hatte er über die Stoffe geworfen, sodass seine Fracht nicht sofort erkannt werden konnte.

„Das gibt gutes Geld. Mensch, du bist schon einer!", gab Hansen anerkennend von sich, als Peter-Johannes bei ihm ankam. So viel Tuch von so guter Qualität hatte er lange nicht zu Gesicht bekommen. Sie lachten beide über die Beschreibung, die Peter-Johannes abgab: Die fliegenden Röcke der Frauen, die fortgewehten Mützen der Männer, das Streiten um einige Ballen und den eilends herangaloppierenden Deichvogt.

Das Geld für die Stoffe würde Peter-Johannes in den nächsten Tagen erhalten. Hansen wollte die Fuhre gleich nach Rendsburg bringen. Dort standen die Preise gut.

*

Ein milder Frühling zog über das Land. Die Abende wurden länger. Die ersten Störche waren sogar gesichtet worden.
Peter-Johannes sattelte so oft wie möglich seinen Grauen und unternahm Erkundungsausflüge durch das Land. Die Wege waren trocken und fest, da es seit längerem nicht geregnet hatte. Er merkte an der Lebendigkeit des Grauen, dass auch der die Ausritte genoss.
Den Weg nach Lunden mied er allerdings nach wie vor. Er orientierte sich mehr nach Wesselburen und auch die Süderholmer und Rüsdorfer Ecke, in der viele vermögende Bauern lebten, schaute er sich genauer an.
Seinen Leinenbeutel hatte er wie immer griffbereit an den Sattel gezurrt. Auf seinen Ausritten begegneten ihm oft Bettler und Hausierer am Wegesrand. Die Armut hatte tatsächlich zugenommen. Die schlechten Ernten und harten Winter hatten das ihrige dazu beigetragen. Manchmal gab er einem gar zu erbärmlich aussehenden Bettler einige Schillinge und war jedes Mal dankbar, dass es ihm selbst so gut ging. Seit seiner Geburt war Heides Einwohnerzahl um fast eintausend Menschen gestiegen.

Er stellte im Ort fest, dass in den Schüttkoven nur noch selten entlaufene Tiere eingepfercht waren. Die entlaufenen Tiere wurden immer häufiger gestohlen, geschlachtet oder verkauft.
Wegen der knappen Futterreserven hatten einige Bauern ihre Tiere schon so früh im Jahr auf die Weiden gebracht. Das erste zarte Grün war allerdings schnell von ihnen abgegrast worden, weshalb sie auch auf den Weiden hungerten. Auf einer entlegenen Koppel sah Peter-Johannes eines Tages zwei ziemlich abgemagerte Pferde.

Mit hängenden Köpfen standen sie in einer Ecke, kauten auf dürrem Gras herum und sahen ihn mit großen Augen an. Sie taten ihm leid. Sein Grauer sah dagegen prächtig aus. Gesund und kräftig, gut im Futter, strotze der vor Kraft. Bei den beiden Pferden hingegen konnte man jede einzelne Rippe sehen.

Er entschloss sich, sie einfach mitzunehmen und in gute Hände zu verkaufen. Wenn Hansen einen Abnehmer hätte, wollte er gleich am Folgetag zur Tat schreiten.

Obwohl er wusste, dass auf Pferdediebstahl eine hohe Gefängnisstrafe stand, wollte er diesen beiden Tieren helfen. Natürlich war auf Hansen Verlass. Er verlangte allerdings, dass Peter-Johannes die Tiere selbst hinbringen müsse. Ein Bauer in Wöhrden hätte Interesse an zwei Arbeitspferden. Auch verfügte dieser nach Hansens Wissen über genügend Futterreserven, sie erst einmal aufzupäppeln. Zahlen würde er wohl nur wenig, schließlich seien die Pferde in einem schlechten Zustand. Aber fünfundzwanzig Taler pro Gaul seien sicherlich drin, meinte Hansen.

Peter-Johannes füllte seinen Beutel mit Wurzeln, die er aus der Miete im Garten ausgrub, legte sich zwei lange Stricke zurecht und machte sich am späten Nachmittag auf den Weg. Bei der Koppel angekommen, war es ein leichtes, die Pferde anzulocken, ihnen Stricke um die Hälse zu binden, und sie durchs geöffnete Gattertor herauszuführen. Sein Grauer und die beiden Pferde beschnupperten sich ausgiebig, schnaubten ein wenig und verstanden sich offensichtlich.

Er saß wieder auf, zog die Pferde an den Stricken hinter sich her und hoffte, niemandem zu begegnen. Sie gingen willig mit, denn sie rochen wohl das Futter im Beutel. An einem eingewachsenen Wäldchen bei Rickelshof hielt er an und versorgte die Pferde mit dem restlichen Futter. Offensichtlich war er nicht aufgefallen.

Gierig nahmen die Pferde die Futterration zu sich. Anschließend ging es durch die offene Feldmark.

Dabei fiel er wegen der abgemagerten Pferde nur selten in den Trab. Ohne nennenswerte Probleme kam er nach etwa zwei Stunden in Wöhrden an.

„Heh, wo willst du mit den Klappergestellen hin?", wurde ihm plötzlich zugerufen. Ein alter, dürrer Mann saß vor seinem Haus auf der Bank und schaute böse zu ihm herüber.

„Ich bring nur die bestellten Pferde zu Reimers. Hat schon alles seine Richtigkeit", gab er zur Antwort.

Ohne sich weiter um den Alten zu kümmern, setzte er seinen Weg fort. Nach einigen Minuten kam er auf dem von Hansen beschriebenen Hof an. Wahrscheinlich war er etwas hastig um die Hofecke geritten, denn unvermittelt flogen mehrere Hühner laut gackernd vor ihm auf. Federn stoben durch die Luft. Die Hühner landeten einige Meter entfernt und gesellten sich zu anderen, die unter Bäumen nach Würmern pickten. Die Pferde scheuten zwar kurz, beruhigten sich aber schnell wieder. Peter-Johannes begab sich ins Haus und rief nach dem Hofbesitzer. Reimers kam sogleich aus der guten Stube auf ihn zu.

„Na, das sind ja zwei Hungerhaken, die du da anbringst. Da hat Hansen aber doch ordentlich untertrieben, als er sagte, sie hätten nur ein bisschen wenig auf den Rippen", rief er empört. „Du glaubst doch nicht, dass ich dafür fünfzig Taler bezahle? Ne, ne, mein Lieber, das vergiss mal ganz schnell. Fünfundzwanzig für beide oder du kannst sie wieder mitnehmen."

Peter-Johannes war wütend, versuchte zu handeln, merkte aber, dass der Bauer keinen Schilling mehr zahlen würde. Hatte er auch gar nicht nötig, weil er wusste, dass die Pferde nicht auf reellem Weg zu ihm gekommen waren. Er bat ihn in die große Küche, nahm aus einer Schublade des fein verzierten Küchenschrankes einen prall gefüllten Geldbeutel und zählte das Geld

auf den Tisch. Peter-Johannes dachte: Na warte, du Geizkragen. Wo du dein Geld aufbewahrst, habe ich jetzt gesehen. Und ich bin nicht das letzte Mal hier gewesen.
Er strich das Geld ein und ging grußlos.

Aufgebracht setzte er sich auf den Grauen und trabte vom Hof. Im gestreckten Galopp legte er den größten Teil des Weges zurück. Nach einiger Zeit war sein größter Ärger über den Hofbesitzer verraucht und er ließ das Pferd in leichten Trab fallen. In einem so reichen Haus würde sich sicher außer dem Geldbeutel noch anderes finden lassen, überlegte er weiter. Das hätte der Kerl dann von seinem Geiz.
Empört berichtete er Hansen von dem Vorfall. Dieser versuchte ihn zu beschwichtigen. Als er allerdings von seinem Vorhaben erzählte, demnächst in Wöhrden noch einmal einzukehren, amüsierte der sich doch sehr.
„Na ja, Ohloff, Reimers ist ein ganz guter Kunde. Treib es mal nicht zu doll bei ihm."
„Hansen, wenn du Angst hast, dass der Einbruch auf dich zurückfallen könnte, tut es mir leid. Ich werde auf jeden Fall bei ihm einbrechen. Muss ja nicht sofort sein. Das soll meine Sache sein."
Und damit verließ er Hansen, nachdem dieser ihm noch zehn Taler für die Vermittlung ausgehändigt hatte.

Der Ärger über Reimers beschäftigte Peter-Johannes tagelang. Sein Magen rumorte, seine Gedanken kreisten unentwegt um die Demütigung und hinderten ihn sogar beim Einschlafen. Er merkte, dass er etwas dagegen unternehmen musste und entschloss sich, einen Einbruch bei Reimers nicht mehr auf die lange Bank zu schieben. Er wollte wieder mit sich im Reinen sein.

Der Pferdediebstahl war natürlich nicht unbemerkt geblieben und in der Zeitung war eine Belohnung von fünfzig Mark für Hinweise auf den Täter ausgeschrieben.

Peter-Johannes dachte an den alten Mann, der ihn in Wöhrden mit den Tieren gesehen hatte. Er hoffte, dass der Alte keine Zeitung las.

Am folgenden Abend machte er sich auf den Weg.

Die ersten Schwalben wirbelten mit ihrem Gezwitscher im Tiefflug schon um ihn herum, die Luft war mild und der heftige Wind der in den vergangenen Tagen geherrscht hatte, ließ merklich nach.

Er ritt langsam und überlegte, wie er bei Reimers vorgehen wollte. Einen richtigen Plan konnte er nicht fassen, aber er war davon überzeugt, dass ihm vor Ort noch eine gute Idee kommen oder der Zufall beispringen würde.

So war es dann auch. Als er auf den Hof zukam, sah er gerade einen kleinen Stuhlwagen wegfahren. Auf dem Bock saß Reimers in Ausgehkleidung, seine Frau und seine zwei kleinen Kinder saßen auf den Stühlen des Wagens. Offensichtlich war eine kleine Lusttour geplant. Keiner der Wegfahrenden hatte ihn kommen sehen.

Er lenkte sein Pferd an die Rückseite des Hauses, ging zur Seiteneingangstür und klopfte. Keine Reaktion. Er klopfte etwas lauter und rief. Keine Reaktion. Er drückte den Türknauf herunter, aber die Tür war verschlossen. Auch auf sein nochmaliges Klopfen reagierte niemand.

Aufregung stieg in ihm auf. Das war ja eine wunderbare Situation. Vorsichtig zertrümmerte er eine Fensterscheibe an der Küchenseite. Er schwang sich hinein und begab sich sofort zum Schrank, wo er tatsächlich den gut gefüllten Geldbeutel fand. Er nahm das gesamte Vermögen - einundfünfzig Taler und zwanzig Schillinge - heraus und steckte es lachend in seine

Jackentasche. Dann ging er in die gute Wohnstube, griff eine Pfeife mit Silberbeschlag, einen Kupferkessel, der auf dem geschnitzten Wohnzimmerschrank stand, eine Zuckerdose aus Porzellan und einige Schmuckstücke, die wohl Frau Reimers gehörten und verließ das Haus.

Man konnte ja nie wissen, ob nicht etwa das Hausmädchen oder ein Knecht auf den Hof zurückkamen. Hochzufrieden schwang er sich auf den Grauen und ritt zügig nach Heide zurück.

Als er die gestohlene Ware bei Hansen ablieferte, weigerte er sich, die Herkunft der Beute zu benennen. Er empfahl Hansen allerdings, diese Sachen in einem Nachbarort anzubieten und nicht zu lange im Haus zu behalten.

Nachdem er den Grauen versorgt hatte, setzte er sich in seine Küche und dachte über die Zukunft nach. Das Stehlen wurde immer riskanter. Die Bevölkerung achtete viel mehr als früher auch auf Kleinigkeiten.

Im Heider Gefängnis, so hatte er vor einigen Wochen aus der Zeitung erfahren, hatten in den letzten Monaten fast einhundert Inhaftierte eingesessen. Er holte sich die Zeitung, um noch einmal nachzusehen, was er genau gelesen hatte.

Achtundsiebzig Personen waren wegen Diebstahls, sieben wegen Feld- und Gartendiebereien, zwei wegen Hehlerei und neun wegen Unfug und Gewalttätigkeiten im Gefängnis gewesen. Wenn er seine Taten dazuzählen würde, wäre der Artikel erheblich länger geworden.

Er las weiter: Einer saß wegen Brandstiftung, drei wegen Störung des Hausfriedens, zwölf wegen Bettelns und Hausierens. Wegen versuchter Unzucht waren zwei Männer inhaftiert worden. Aber nicht nur Männer waren eingesperrt. Aus der Zeitung erfuhr er, dass einundzwanzig Frauen darunter waren und sogar elf Knaben von sechzehn Jahren. Ob von den Kindern manches unschuldig in die ganze Sache hineingeraten war, wie er damals?

Gedankenverloren saß er am Tisch und überlegte, ob er sein Leben nicht doch noch grundlegend ändern könnte. Allerdings hatte er sich an den Luxus des schnellen Geldes gewöhnt. Aber wie lange ging das noch gut?

Sein Blick fiel auf seine geschnitzten Figuren und Wanderstöcke. Vielleicht sollte er bei diesem schönen Frühlingswetter damit auf den Markt gehen, eine Decke auf den Boden legen, die Figuren und die Wanderstöcke ausbreiten und mal schauen, was passiert.

Wenn an dem kommenden Sonnabend kein Mensch vor seinen Schnitzereien stehen bleiben würde, um etwas zu erwerben, würde er die Sache nicht noch einmal in Angriff nehmen.

Bis zum Sonnabend stellte er noch die letzten unfertigen Stücke fertig. Dann legte er seine Tiere in einen Korb und klemmte die Wanderstöcke unter den Arm – bis auf das Abbild des Grauen und den Wanderstock, den Hermann sich ausgesucht hatte.

Er suchte auf dem Marktplatz schon sehr früh einen Platz. Als er seine Ware unter dem großen Lindenbaum an der Kirche gerade ausbreiten wollte, fuhr ihn ein Mann unwirsch an: „So geht das nicht, du musst erst zum Marktmeister und dir einen Platz anweisen lassen. Hier ist meine Stelle und du verschwindest am besten ganz schnell."

Er wusste seit seiner Kindheit, dass es einen Marktmeister gab, der dafür sorgte, dass alles geordnet vor sich ging und jeder seine Standmiete entrichtete. Wie das genau ablief, hatte ihn damals aber nicht interessiert.

Um keinen Ärger zu bekommen, machte er sich auf die Suche nach dem Marktmeister, den er auch schnell fand. Er bekam eine kleine Ecke - „Bist ja neu und musst nehmen, was du kriegst" - bei den Holzlöffelmachern zugewiesen.

Er legte seine Waren also erneut aus, stand etwas verlegen dahinter und wartete. Aber schon nach wenigen Augenblicken blieb ein Ehepaar, das er nur vom Sehen her kannte, vor seinen Sachen stehen. Begeistert nahm die Frau ein Teil nach dem Anderen in die Hände und bewunderte die feine Schnitzarbeit. Der Mann hingegen war von den Wanderstöcken angetan. „Was willst du denn nun haben?", fragte der Mann. Peter-Johannes hatte überhaupt nicht darüber nachgedacht, was die Sachen kosten sollten.

„Ich weiß nicht recht, Herr, was würdet ihr denn geben?"

„Na, so machst du keine Geschäfte, junger Mann. Sagen wir mal, für diesen Wanderstock einen Taler und für die Eule, die meine Frau möchte, drei Mark. Bist du damit einverstanden?"

Glücklich darüber, wie schnell er Geld verdient hatte, stimmte Peter-Johannes sofort zu. Der Handel war gemacht. Im Weggehen sagte der Mann zu ihm: „Ich hätte dir auch zwei oder drei Taler für den Stock gegeben. Und für die Holzfiguren sogar einen Taler. Das war dann wohl dein Lehrgeld. Gute Geschäfte noch."

Peter-Johannes guckte ziemlich betroffen. Das war ja ein Ding. Soviel mehr hätte er nehmen können? Er war dem Ehepaar nicht böse. Sie hatten ja Recht. Das war Lehrgeld. Bei der nächsten Nachfrage würde er es besser machen. Und die ließ gar nicht lange auf sich warten. Eine Ente, ein Huhn und drei Wanderstöcke wechselten nach einigem Feilschen den Besitzer. Er staunte, wie gefragt seine Schnitzereien waren. Das Exempel hatte ihm gut getan und mutig verlangte er immer höhere Preise.

„Dich habe ich ja lange nicht gesehen!", wurde er angesprochen, als er gerade auf der Erde kniete, um die Figuren zurechtzurücken.

„Anna Marie, wie schön dich zu sehen", antwortete er ehrlich erfreut.

Und dann sah Peter-Johannes in ein paar schimmernd grüne Augen. Er war wie vom Donner gerührt und ihm wurde erst langsam bewusst, dass es die Augen von Constanze waren. So grün wie eine Frühlingswiese, dachte er. Ihm fiel auf, dass er ihr Gesicht genauer bisher nur aus der Ferne kannte. Wenn sie ihm nahe war, hatte er immer vermieden, ihr in die Augen zu blicken. Ihre schwarzen Haare waren zu einem Knoten hochgesteckt. Ihr freundliches blasses Gesicht wirkte dadurch viel offener.

Ein dunkelgrünes Kleid, das mit einem kleinen weißen Kragen eingefasst war, verschleierte halb und offenbarte halb die harmonischen Konturen ihrer schlanken Figur. Er rang nach Atem. Er hatte das Gefühl vor Verlegenheit rot anzulaufen. Was war denn mit ihm los? Er stotterte eine freundliche Begrüßung, reichte ihr die Hand und fühlte sich von den Grüntönen ihres Blickes in eine wohlige Tiefe gezogen.

„Constanze....", mehr brachte er nicht heraus. Er sah sie an, hielt ihre Hand immer noch fest und wollte sie gar nicht wieder loslassen.

„Peter-Johannes, wie schön, dich wieder zu sehen. Anna Marie hat mir viel Gutes von dir erzählt...", sprach die angenehmste Stimme, die er je gehört hatte. Täuschte er sich, oder war sie rot geworden?

„Und entschuldige, dass ich damals wegen Hansen so die Nase rümpfte. Inzwischen weiß ich von Anna Marie, dass du ganz anders bist." Stumm sah sie ihn an. Dann senkte sie die Augen als suchte ihr Blick an seinen Schnitzereien halt.

„Anna Marie hat schon erzählt, wie begabt du bist."
Peter-Johannes biss sich auf die Zunge.
„Die sind wunderschön! Ich hätte gerne diesen Schwan hier."
Sie hatte den Schwan in die Hand genommen, streichelte mit ihren schlanken Fingern darüber und hielt ihn ihm entgegen.
„Den schenke ich dir, Constanze." Er war ohnehin nicht sicher, ob sie seine jetzigen Preise würde bezahlen können.
Sie war beschämt und wollte ein so kostbares Geschenk zunächst nicht annehmen. Aber sowohl Peter-Johannes, als auch Anna Marie redeten auf sie ein.
„Aber ich möchte dich bitten, mir noch einen zweiten zu schnitzen, wenn du Zeit dafür hast. Den bezahle ich dann aber. Es müssen immer zwei Schwäne sein. Schwäne bleiben nämlich ihr Leben lang zusammen, weißt du?"
Er war stolz auf den Auftrag. Er würde ihr stillschweigend einen Sonderpreis machen, hoffentlich erfuhr sie niemals, dass auch der Zweite halb geschenkt sein würde. Ihm schoss durch den Kopf: Und wir beide gehören zusammen wie diese Schwäne. Dann spürte er einen Stich. Den anderen Schwan bestellte sie sicher für ihren Verlobten, den er im Theater gesehen hatte. Sein Herz pochte so laut, dass er glaubte, alle müssten es hören.
„Wir müssen jetzt wieder gehen", sagte Anna Marie. „Ich muss noch die ganzen Einkäufe für meine Herrschaften erledigen. Du weißt, dass ich mich nicht aufhalten darf." Damit wollte sie Constanze, die wie angewurzelt dastand, mit sich ziehen. „Und du musst zu deinem Vater an den Stand zurück." Er wollte nicht, dass die beiden Frauen gingen und sprach die Einladung für einen Besuch bei ihm aus.
Lachend erwiderte Anna Marie: „Du spinnst doch wohl. Es schickt sich nun wirklich nicht, wenn zwei Frauen ohne männliche Begleitung in dein Haus kommen. Nein, wenn du uns

treffen willst, komme morgen zum Gottesdienst in die Kirche. Constanze bleibt bis Montag bei mir und wird auch da sein." Damit zog sie Constanze hinter sich her und verschwand mit ihr in dem Menschengewimmel, das inzwischen auf dem Markt herrschte.

Abwechselnd heiß und kalt war es ihm inzwischen geworden. An Verkaufen war bei ihm nicht mehr zu denken und so packte er seine restlichen Schnitzereien wieder ein. Allzu viel war es ohnehin nicht mehr.

Er schlenderte quer über den Markt. Seine Augen suchten Constanze. Endlich fand er sie geschäftig hantierend hinter dem Stand ihres Vaters. Jetzt wollte er ihr Versprechen aus dem letzten Jahr einlösen. Kühl wurde er bedient. Ihr Wesen war wie ausgetauscht, nur ihre Augen schienen noch denselben Sog zu haben, wie vorhin. Verzweifelt stotterte er seine Bestellung. Da nahm er eine leichte Bewegung ihres Kopfes wahr. Erst jetzt sah er ihren brummelnden Vater. „Mach dich von meiner Tochter fort", schien sein Blick zu besagen. Leicht berührte sie seine Hand, als sie ihm die Ware übergab. Er verließ schweren Herzens den Stand und blieb etwas abseits stehen. Ein-, zweimal trafen sich ihre Blicke noch. Dann ging er, damit ihrem Vater nichts auffiel. Er wollte jedes Ungemach von ihr fernhalten.

Zu Hause angekommen ging er in den Stall zu seinem Grauen. Er musste reden. Eine Wurzel nach der anderen gab er dem Pferd und erzählte dabei von der schönsten Frau, die ihm je begegnet war.

„Die soll meine Frau werden, Grauer. Das weiß ich ganz gewiss."

Der Graue kaute zustimmend an den Wurzeln. Erst nach Stunden kam Peter-Johannes wieder aus dem Stall.

Er konnte sich im Haus auf nichts konzentrieren. Er sah ständig Constanze vor sich. Aber auch das Bild des vertraulichen Paares im Theater kam ihm wieder hoch.

Er war wütend. Was hatte der an ihrer Seite zu suchen! Er wollte gegen die Wände treten, hielt aber inne. Hier konnte er nicht bleiben. Er musste seine Energien auf bessere Weise loswerden. Also marschierte er wieder in den Stall, und sattelte den Grauen.

Er ritt vorbei an der Broklandsau in die Hennstedter Gegend, wo es leicht hügelig war und viele Wiesen und kleinere Waldabschnitte die Landschaft durchzogen. Hier konnte er nach Herzenslust galoppieren ohne vielen Menschen zu begegnen.

„Con-stan-ze!", schrie er immer wieder aus Leibeskräften. Das tat ihm gut, auch wenn sein Hals schmerzte. „Constanze!" Immer wieder rief er ihren Namen in die Welt hinaus.

Hier in der freien Gegend schien ihm auch ihr Vater und der junge Mann im Theater kein Problem. Hatte er nicht immer alles erreicht, was er wollte? Hatte er nicht seine Mutter bestattet, wie er es sich als Kind vorgenommen hatte? Saß er nicht auf einem Pferd, was sein Vater für unmöglich gehalten hatte? Er würde Constanze erobern. War er nicht an einem Vormittag schon viel weiter gekommen als in den vielen Monaten davor? Nachdem er sich etwas beruhigt hatte, sollte sich auch der Graue ausruhen. Er hielt an einem großen wilden Apfelbaum an, der in voller Blüte stand. Bienen und Hummeln schwirrten um die vielen kleinen Blüten herum. Wie Musik klang es in seinen Ohren. Er legte sich in den Schatten des Baumes, überließ den Grauen sich selbst und träumte von seiner Herzensfrau.

Verwirrt über die Gefühle, die in ihm herrschten, war er wohl eingeschlafen, denn irgendwann stupste der Graue ihn an. Peter-Johannes stellte fest, dass die Sonne schon recht tief stand. Es wurde allmählich Zeit, sich auf den Rückweg zu begeben. Er saß auf und lenkte den Grauen im ruhigen Schritt ins Dorf Hennstedt, um dann über die kleineren Dörfer zurück nach Heide zu gelangen.

Er kam geradewegs auf die Hennstedter Kirche zu und einem inneren Impuls folgend stieg er ab und ging hinein. Er wollte Gott von Herzen für die Begegnung mit Constanze danken. Also trat er vor den Altar, kniete nieder und sprach ein langes Gebet.

Dann sah er auf. Seine Augen fielen just auf zwei silberne Leuchter, die auf dem Altar standen. Instinktiv griff er danach. Dann stockte er kurz. Sollte er nicht ein neues Leben anfangen, jetzt wo er Constanze begegnet war? Musste er die Leuchter wirklich mitnehmen? Ja, er musste. Ein letztes Mal, dachte er. Dann höre ich mit den Diebstählen auf. Nur noch diese beiden Leuchter, danach ist Schluss. Mit einem: „Danke für die Leuchter, Herr. Es ist das letzte Mal, dass der König der Diebe stiehlt", hatte er sie schon unter der Jacke versteckt. Am Ausgang hing der Klingelbeutel. Automatisch fasste er ihn an und stellte fest, dass Geld darin war. Geschwind hatte er den Beutel mit seinem Taschenmesser unten aufgeschnitten, die wenigen Münzen darin herausgenommen und in die Hosentasche gleiten lassen. Flugs verließ er die Kirche, band seinen Grauen ab und machte sich auf den Heimweg.

Er lieferte die Leuchter bei Hansen ab. Als der fragte, woher sie stammen, und Peter-Johannes wahrheitsgemäß antwortete, schimpfte Hansen ihn an. Er war der Meinung, dass Kirchendiebstahl etwas zu weit ginge. Die Gefahr, gefasst zu werden, sei doch ziemlich hoch, weil die Empörung der Bevölkerung bei Kirchendiebstählen noch höher war, als bei anderen Delikten. Auch die Strafe war höher. Er wiegelte ab und versicherte Hansen, dass niemand ihn gesehen hätte und bisher doch auch immer alles gut gegangen sei. Und demnächst würde alles noch besser werden!

Er schwärmte Hansen von Constanze vor.

Hansen war sauer. „Du bist übermütig geworden, pass auf, dass dich diese Frau nicht an den Strick bringt!"

Peter-Johannes konnte gar nicht aufhören, sie zu beschreiben. Hansen merkte, dass er ihn in diesem Zustand mit Warnungen nicht erreichte und lenkte ein.

„Da hat es dich aber gewaltig erwischt, was? Und du meinst, die will dich heiraten? Was sagen denn die Eltern?"

„Ja ... nein ... Die kennen mich noch nicht!", stammelte er. Er sagte nicht, dass der böse Blick des Fleischers sicher auch mit seinem Partner Hansen zusammenhing und dass sie sich jetzt wohl weniger häufig sehen würden. „Aber morgen treffe ich sie in der Kirche. Dort werde ich mit ihr sprechen. Und heiraten werde ich sie. Das kannst du mir glauben!"

„Ja, wohlhabend bist du, Manieren hast du, was sollten die Eltern dagegen haben", beurteilte Hansen „und einer Frau den Kopf verdrehen kannst du mit deinen blauen Augen auch, da kannst du fast alle kriegen. Aber du musst aufpassen, werde nicht unprofessionell", versuchte er seine Warnung erneut an den Mann zu bringen.

Peter-Johannes versprach es leichthin. Er fühlte sich so großartig. Stark und voller Tatendrang.

Zu Hause suchte er zunächst seine sauberste Kleidung heraus. Dann putzte er das Haus, aber nur, weil er sich beschäftigen musste. Die Zeit wollte einfach nicht vergehen. Dann fiel ihm Constanzes Wunsch nach einem zweiten Schwan wieder ein. Also ging er in den Hof, suchte ein passendes Holzstück aus und begann zu schnitzen. Zwei für die Ewigkeit, dachte er dabei.

Constanze und ich für die Ewigkeit, ich und Constanze für die Ewigkeit, Constanze und ich für die Ewigkeit. Weit in die Nacht hinein arbeitete er, bis er vor Müdigkeit das Schnitzmesser nicht mehr halten konnte und sich ins Bett legte.

Der nächste Morgen begrüßte ihn mit warmer Helligkeit. Er genoss die Sonnenstrahlen, während er den Grauen im Garten kräftig striegelte. Nur noch eine Stunde, bis er sie in der Kirche sehen würde. Die Turmuhr hatte gerade neun geschlagen. Ihm kam es vor, als wollte diese Stunde gar nicht vergehen. Eine Stunde war eine ewig lange Zeit. Aber dann war es endlich soweit. Er konnte sich auf den Weg zum Gottesdienst machen. Als einer der ersten betrat er die Kirche, setzte sich in eine Bankreihe und starrte beharrlich zum Eingang. Viele Menschen kamen an diesem milden Frühlingstag. Nur Anna Marie und Constanze erschienen nicht.

Enttäuschung breitete sich in ihm aus. Als der Pastor an die Kanzel trat, um mit seiner Predigt zu beginnen, wollte er schon aufstehen und die Kirche wieder verlassen. Aber dann hörte er die Kirchentür leise knarren, sein Blick ging dorthin und da waren sie tatsächlich. Mit geröteten Wangen schlichen sie leise in eine der letzten Bankreihen. Hitzewellen durchflossen seinen Körper.

Von der Predigt bekam er überhaupt nichts mit. Erst als plötzlich alle aufstanden und neben ihm raunten: „Ich glaube an Gott den Vater...", kam er wieder zu sich.

Er erinnerte sich daran, wie er früher immer versucht hatte, sich darauf zu konzentrieren, nicht an die toten Pferde bei der Westerweide zu denken, wenn sie zu der Stelle „aufgefahren in den Himmel" kamen.

Ja, damals war er mit Vater und Mutter noch oft in der Kirche gewesen. Ach, die Kindheit! Er dachte an seine Mutter. Sie war so gut zu ihm gewesen. Immer hatte er ihr vertraut. Bald würde er wieder einen reinen und unbescholtenen Menschen an seiner Seite haben. Constanze.

Die völlig verstimmte und schlecht klingende Orgel gab für ihn die schönsten Töne von sich. Er sehnte das Ende des Gottesdienstes herbei.

Endlich konnte er nach dem Pastor die Kirche verlassen. Anna Marie und Constanze konnten erst als letzte hinaus gehen. Er stand schon wartend an der Seite, die über den Marktplatz führte. Verlegen begrüßte er beide Frauen. Er war rot angelaufen, als er Constanze die Hand reichte und merkte, dass es ihr auch so ging.

Anna Marie rettete die Situation, indem sie wie ein Wasserfall plauderte.

Von Hermann und der bevorstehenden Hochzeit berichtete sie. Dann schlug sie vor, einen Spaziergang um Heide zu machen, damit Constanze vor ihrer Abreise noch einiges vom Ort zu sehen bekam. „Sie sieht doch sonst immer nur den Markt."

Sie gingen zu dritt nebeneinander her. Peter-Johannes traute sich nicht neben Constanze zu laufen. Er war zu schüchtern und ging an Anna Maries Seite. Sie meinte aber mit Empörung: „Du, das schickt sich nicht. Ich bin Hermann versprochen. Du kannst nicht neben mir gehen. Was sollen die Leute denken?", und schubste ihn lachend an Constanzes Seite.

Ja, was sollten sie denken? Der Gedanke an den Mann im Theater überfiel ihn heiß, was sollte er denn davon wohl denken? War nicht auch Constanze schon versprochen? Er nahm seinen Mut zusammen und fragte sie. „Es wird doch wohl nicht unschicklich sein, mit seinem Bruder zu tuscheln!", entgegnete sie lachend.

171

Sein Arm berührte den ihren und Hitzewellen durchjagten ihn dabei. Die gegenseitigen Fragen nahmen kein Ende, bis Anna Marie meinte, dass sie gar nicht mehr zu Wort käme. Er hatte inzwischen vieles erfahren. Dass sie die Tochter des Fleischers aus Meldorf war, wusste er schon. Constanze war siebzehn Jahre alt und sie stand nirgends in Diensten, sondern wurde von den Eltern versorgt, bis sie heiraten würde. So hatte sie Zeit, ihnen zur Hand zu gehen. Anna Marie und sie waren Schulfreundinnen aus der Zeit, als Constanze noch mit ihren Eltern in Tönning gelebt hatte.

Am Schwanenteich setzten sich alle drei ins warme Gras.

„Schau, Peter-Johannes, diese prächtigen Schwäne. Und sie bleiben ihr Leben lang zusammen", sagte Constanze und zeigte auf den Teich, auf dem die Tiere gemächlich schwammen.

Immer wieder versuchte Peter-Johannes, sie zu berühren. Nur ein kleines bisschen. Mal die Hände aneinanderlegen, mal mit den Schultern berühren. Einmal wurde er ganz mutig und strich ihr eine Haarsträhne aus dem Gesicht. Sie sah ihn dabei an und strahlte über das ganze Gesicht. Beide wurden rot. Anna Marie neckte sie beide und meinte ganz richtig: „Ihr, da tut sich wohl was zwischen euch?"

Den ganzen Vormittag und den größten Teil des Nachmittags verbrachten sie plaudernd gemeinsam. Erzählungen über die Kinderzeit wurden ausgetauscht. Er war wie berauscht.

Diese Frau wollte er heiraten. Meldorf war ja auch keine allzu große Entfernung. Zwölf Kilometer nur. Die konnte er mit dem Grauen in kürzester Zeit zurücklegen. Ob allerdings Constanzes Eltern ihn als Schwiegersohn akzeptieren würden, bezweifelte er. Hansens schlechter Ruf eilte ihm auch dorthin voraus. Seine Zukunft musste unbedingt neu gestaltet werden.

Die Zeit des Abschieds rückte näher. Anna Marie musste zurück an die Arbeit und drängte zum Aufbruch. Constanze hatte noch zu packen, bevor ihr Vater sie am nächsten Tag nach Hause zurückholten würde.

Sie verabschiedeten sich schweren Herzens. Um ein baldiges Wiedersehen zu arrangieren, versprach er, den Schwan in der nächsten Woche fertig zu stellen und ihn nach Meldorf zu bringen. Sie verabredeten, sich für den Freitag kommender Woche auf dem Meldorfer Wochenmarkt, vor der Domtür gegen Mittag zu treffen. Dann kam immer ihre Mutter zum Stand herüber und löste sie ab.

Lange hielt er Constanzes Hand und auch sie wollte seine nicht loslassen.

Immer wieder drehte er sich auf dem Heimweg zu ihr um und winkte ihr zu, denn auch sie blickte ständig zu ihm zurück.

Erfüllt von ihr konnte er sich auf nichts konzentrieren.

Er wusste nicht, was er mit dem restlichen Tag anfangen sollte.

Aber zu Hause setzte er sich dann doch an die begonnene Schnitzarbeit und war bald ganz vertieft darin. Für Constanze. Für meine zukünftige Frau, dachte er immer wieder.

*

Lautes Poltern vor der Haustür riss ihn aus seinen Träumereien. Auch rief ihn jemand. Hansen kam ins Haus gestürzt.

„Du musst weg, Ohloff, du musst sofort weg." Und er erklärte, dass die Obrigkeit hinter Peter-Johannes her sei. Er war als Dieb erkannt worden.

Sowohl in Wöhrden, wo ein alter Mann eine gute Täterbeschreibung von ihm und dem Grauen abgegeben hatte, als auch in Hennstedt, wo der Kirchendiebstahl entdeckt und er von einer dort als zuverlässig bekannten Frau beschrieben worden war. Hansen flog an Händen und Füssen. Er war völlig ausgelaugt von seinem schnellen Fußmarsch und ließ sich erschöpft auf einen Küchenstuhl fallen.

Peter-Johannes war kreideweiß geworden und verlangte eine genauere Erklärung von Hansen. Der wiederholte: „Du musst weg, sie wollen dich noch heute Abend holen. Du, ich mag dich wie einen Sohn. Höre jetzt auf mich. Verschwinde so schnell es geht. Nimm dein ganzes Geld mit und geh außer Landes. Lass dich die nächsten Jahre nicht mehr in Dithmarschen sehn, sonst hängen sie dich auf!"

Peter-Johannes wurde übel. Constanze, dachte er.

Das durfte doch nicht wahr sein, was gerade jetzt geschah.

„Bist du auch ganz sicher, dass sie mich meinten?", fragte er verzweifelt

„Ich habe den Landvogt gehört, wie er den Steckbrief für dich in Auftrag gab, für den Fall, dass sie dich nicht zu Hause ergreifen. Junge, pack endlich deine Sachen zusammen und verschwinde. Den Grauen lässt du am besten hier. Der ist jetzt zu bekannt. Du kannst eines meiner Pferde nehmen und ich verkaufe den Grauen für gutes Geld."

Das war nun zu viel für ihn. Der Graue war sein bester Freund. Alles vorbei, dachte er. Und keine Constanze.

„Der Graue ist alles, was ich wirklich habe, Hansen. Den nehme ich mit. Und wenn sie mich dann kriegen, soll es so sein."
Hastig warf er einige Kleidungsstücke in seinen Beutel. Ein großes Stück Käse, Speck, Äpfel und auch Brot warf er achtlos obendrauf. Sein Geld, das er in einer Wollsocke unter dem Bettkasten versteckt hatte, holte er hervor, um es eilig noch einmal zu zählen. Es war genug Geld, um mindestens ein Jahr ohne Sorgen davon leben zu können. Hansen gab ihm noch zwanzig Taler für die Silberleuchter und versprach, sollte jemals eine Bitte ihn erreichen, würde er helfen, wenn er dazu in der Lage wäre.

Hansen trieb zur Eile an, versprach weiter, sich um das Haus zu kümmern und erklärte sich schließlich damit einverstanden, dass Peter-Johannes den Grauen mitnehmen wollte. Constanze musste noch eine Nachricht erhalten, schoss es Peter-Johannes schmerzlich durch den Kopf. Sie würde sonst wartend an der Domtür in Meldorf stehen. Das ging doch nicht. Er bat Hansen, einen Weg zu finden, um ihr mitzuteilen, dass er dringend für unbestimmte Zeit verreisen musste. Der versprach, sein Bestes zu geben, meinte aber, dass Constanze die Wahrheit sowieso erfahren würde. „Vergiss das Mädchen."

Zuletzt stopfte er den fast fertig geschnitzten Schwan in den Beutel, bevor ihn Hansen unsanft in den Stall schubste. Hastig sattelten sie den Grauen. Hansen nahm Peter-Johannes in die Arme und wünschte ihm alles Glück der Erde.

„Verdinge dich als Knecht, dann fällst du am wenigsten auf. Geh nach Rendsburg, Husum oder Schleswig, oder noch weiter weg, jedenfalls in eine größere Stadt. Gehe nicht über die Eider. Der Fährmann könnte sich an dich erinnern, wenn der Steckbrief raus ist. Du kennst dich gut genug aus, mein Junge, nutzte die abgelegenen Feldwege, um erst einmal heil aus Dithmarschen herauszukommen."

Es war fast neun Uhr. Die Nachtwächter würden gleich mit ihrer Arbeit beginnen. Eile war jetzt geboten.

Er ritt los. Scheinbar keinen Augenblick zu früh. An der Ecke zur Süderstraße sah er viele Lämpchen leuchten, die sich auf die Dohrnstraße zubewegten.

Gott sei Dank hatte er sich für den entgegengesetzten Weg über die Mühlenstraße entschieden. Vermutlich hatten die ankommenden Männer ihn in der Dämmerung nicht registriert.

Er wusste nicht, wohin. Die Angst saß ihm im Nacken und in seinem Kopf drehte sich alles. Alle möglichen Strafen schossen ihm durch den Kopf. Stäupen, Rädern, Erhängen, waren nur einige Varianten. Er durfte nicht daran denken. Besser sollte er sich einen Plan machen. Der Tag, an dem er mit Hansen Katzen aus Hardemarschen holte, fiel ihm ein. Das schien ihm schon ewig her. Da er nicht über die Eider durfte, war es wohl zunächst das Vernünftigste, den Weg über Albersdorf nach Hardemarschen zu nehmen.

Er hielt das erste Mal bei der Süderholmer Schanze und schaute lauschend zurück. Kein Laut war zu hören. Reiter waren also noch nicht hinter ihm her.

Es wurde auch immer dunkler. Er hatte Mühe, die Wege zu erkennen. Aber er trieb den Grauen vorwärts. Bis Albersdorf würde er wohl noch zwei Stunden brauchen. Von dort nach Hardemarschen noch einmal eine gute Stunde. Dann wäre er schon etwas sicherer. Aber in der Gegend um Hardemarschen herum kannte er sich überhaupt nicht aus. So weit weg von zu Hause war er noch nie gewesen.

Er ritt vorwärts. Immer weiter. Erschöpft erreichte er Albersdorf. Schwarz zeichneten sich die Häuser vor dem schwarzgrauen Himmel ab. Durch den Ort kam er recht schnell. Die Hunde bellten, ansonsten schien niemand von ihm Notiz zu nehmen. Jetzt lag eine hügelige dicht bewaldete Strecke vor ihm. Er hatte Sorge, dass der Graue stolpern oder in ein Loch treten könnte. Er würde eine Pause einlegen müssen. Vorerst ließ er den Grauen in Schritt fallen. Mit Schrecken nahm er riesige Gebilde am Wegrand wahr. Mit klopfendem Herzen ritt er an ihnen vorüber. An den Gebilden regte sich nichts. Dann erinnerte er sich daran, dass der Lehrer in der Schule von Steinkolossen in dieser Gegend erzählt hatte. Diese Fläche war von Hünengräbern übersät, die in heidnischer Zeit als Begräbnisplätze errichtet worden waren. Er beruhigte sich ein wenig, aber der Schrecken hatte sich in seinen Gliedern eingenistet.

Doch dann hörte er links von sich ein leises Plätschern. Das musste die Giselau sein. Er lenkte sein Pferd dorthin, stieg ab und ließ es trinken. Er selbst trank auch von dem angenehm kühlen Wasser. Hier war die Au nur ein schmales Rinnsal und er konnte sie ohne Probleme überqueren. Plötzlich wurde ihm bewusst, dass er vergessen hatte, einen Tonkrug mitzunehmen. Er band den Grauen an einem Baum fest, setzte sich an den Stamm gelehnt ins feuchte Gras. Er würde den Mut aufbringen müssen, sich in einer Siedlung zu zeigen, wenn er sich nicht darauf verlassen wollte, zufällig einen Bach zu finden. Nachdem er etwas gerastet hatte, schien ihm die Gegend schon viel anheimelnder und er beschloss, hier zu übernachten um in aller Herrgottsfrühe weiterzureiten. Seine Gedanken kreisten. Aber auch hier schon schien ihm die Flucht kompliziert genug. Wie sollte es in anderen Gegenden erst werden? Auch der Gedanke an Constanze tat weh. Irgendwann war er wohl doch eingeschlafen. Mit schmerzendem Rücken wachte er auf. Der Graue schnaubte und graste zufrieden. Peter-Johannes verspürte unbändigen Hunger und machte sich über seine Lebensmittel her. Kühles Wasser aus der Au belebte ihn. Wer weiß, wann ich das nächste Mal Gelegenheit zum Baden habe, dachte er und sprang nackt in den Bach.

Erfrischt setzte er seine Flucht fort.

Jetzt am Tage kamen ihm die Ängste von Gestern Nacht wie ein schlechter Traum vor. Er hatte Geld, sein treues Pferd und wohl immer noch einen guten Vorsprung. Sein Leben lag in seiner Hand.

Er fand den alten Ochsenweg, von dem er wusste, dass hier die in Dithmarschen mit Eicheln gemästeten Ochsen zum Verkauf nach Hamburg getrieben wurden.

Auf diesem Pfad kam er tatsächlich überraschend zügig bis Hardemarschen. Aber im Ort selbst wollte er sich doch lieber nicht aufhalten. Heide war noch zu nahe.

So irrte er umher, auf der Suche nach Feldwegen, die ihn am Ort vorbei führten. Ziemlich belebt war es hier. Etliche Männer waren, genau wie bei ihm zu Hause, auf der Suche nach Arbeit, weil in der Frühjahrszeit bei den Bauern neu eingestellt wurde. Eigentlich ging es ihm nach wie vor nicht schlecht. Mit den Knechten wollte er jedenfalls nicht tauschen. Vielleicht könnte er sich als Schnitzer irgendwo niederlassen. Ohne genaues Ziel ritt er einige Tage umher.

An einem Gehöft stahl er im Vorbeireiten eine wollene Decke, die zum Lüften über eine Hecke gelegt war. Jetzt waren seine Nächte, die er in abgelegenen Waldstücken verbrachte, viel angenehmer.

Mit seinen Lebensmitteln ging er sparsam um. Zwar bestand sicherlich keine unmittelbare Gefahr mehr. Aber falls doch jemand ihm irgendwann nachforschen sollte, wollte er seine Spuren gänzlich verwischen. Niemand sollte ihn beschreiben können. Um Futter für sein Pferd brauchte er sich keine Sorgen machen. Das Gras wuchs schon kräftig.

An dem Holzschwan für Constanze schnitzte er zwischendurch weiter. Er war fast fertig. Nur noch kleine Korrekturen an den Federn waren auszuführen.

Unentwegt dachte er an Constanze. Es ließ ihm keine Ruhe, sie am Freitag nicht sehen zu können. Ihr nicht erklären zu können, warum er gesucht wurde und wie seine Lebensgeschichte verlaufen war. Wenn er ihr nur alles erzählen könnte. Sicher würde sie ihm doch glauben, dass er sein Leben ihretwegen ändern wollte. Er musste sie sehen. Kein Weg führte daran vorbei. Sie sehen und alles erklären, das musste sein. Und darum fasste er einen Entschluss.

Er würde nach Dithmarschen zurückreiten. Über die Eider ins Land fahren. Wenn er von außerhalb nach Dithmarschen übersetzte, würde er doch wohl keinem Fährmann auffallen. Welcher Verbrecher würde sich schon der Gefahr aussetzen, dorthin zu gehen, wo er gesucht wurde! Der Plan erschien ihm perfekt. Sein Bart war in den letzten Tagen recht gut gewachsen, die Haare würde er noch schneiden lassen und unter einer Mütze verbergen. So würde es gehen.

Er könnte Constanze den Schwan überreichen und sich dafür entschuldigen, was er ihr durch sein Verhalten an Leid zugefügt hatte. Zwei Tage hatte er noch Zeit, um nach Meldorf zu kommen. Das war gut zu schaffen, wenn alles glatt verlief.

Mit neuem Schwung arbeitete er an dem Schwan.

Als er fertig war, war er vollauf zufrieden. Der schönste Schwan, der je geschnitzt wurde, dachte er. Er packte seine Sachen zusammen und belud den Grauen. Dann machte er sich frohen Mutes auf den Weg. Er befand sich irgendwo zwischen Hademarschen und Rendsburg. Sein Plan war darum, über Erfde und dann mit der Wollersumer Fähre nach Lunden überzusetzen. Dort kannte er sich dann gut genug aus, um auf allen erdenklichen Schleichwegen an Heide vorbei nach Meldorf zu gelangen.

Unterwegs begegneten ihm Menschen. Den Kindern gab er einige Schillinge, den Bettlern nur einen Teil seines Käses. Bei denen wollte er lieber vorsichtig sein. Man wusste nie, ob sie einen überfallen würden, wenn sie Geld vermuteten. Es war schon oft vorgekommen, dass harmlose Bettler plötzlich ein Messer zückten.

Als er an der Treene, einem ruhig dahin schlängelndem Fluss, vorbeikam, suchte er sich eine geschützte, dicht bewachsene Stelle und badete ausgiebig. Anschließend legte er sich an eine intensiv duftende Stelle, die mit Wiesenschaumkraut dicht bewachsen war, um sich zu trocknen und genoss die milde Frühlingsluft. Dann setzte er seine Heimreise fort.

*

In den frühen Abendstunden des Donnerstags erreichte er die Fähre, mit der er nach Lunden übersetzen wollte. Regen hatte eingesetzt. Er war schnell bis auf die Knochen durchnässt. Seine Mütze hatte er sich tief in die Stirn gezogen.

Der Fährmann wollte zunächst einer einzelnen Person wegen nicht übersetzten. Aber als Peter-Johannes - mit verstellter Stimme – angab, seiner im Sterben liegenden Mutter wegen dringend nach Meldorf zu müssen, und einen Taler extra versprach, ließ er sich erweichen.

Das Wetter war ihm ganz recht, denn für eine Unterhaltung regnete es inzwischen zu heftig. So erfolgte die Überfahrt schweigend und Peter-Johannes hatte das Gefühl, dass der Fährmann ihn gar nicht weiter beachtete.

Endlich setzte er seine Füße wieder auf Dithmarscher Boden. Ihm kam es vor, als sei er Ewigkeiten weg gewesen, dabei waren erst gut vier Tage vergangen. An diesem Abend wollte er wegen des starken Regens nicht weiterreiten, sondern an einer Wiese hinter der nächsten Wegbiegung nächtigen.

Er wusste, dass es dort einen kleinen Holzverschlag gab, in dem der Besitzer der Wiese seine Mutterschafe lammen ließ. Dort konnte er ausruhen und wieder trocken werden. Er fühlte sich Constanze unendlich nah. Sein Herz klopfte heftig bei dem Gedanken, ihr am nächsten Tag endlich wieder zu begegnen.

Er ruhte ein wenig, aber bald überkam ihn Unruhe. Darum machte er sich früh auf den Weg nach Heide. Durch die Wärme des vorherigen Tages und dem anschließenden Regen war leichter Bodennebel entstanden. Diesen Schutz wollte er nutzen.

Zunächst überlegte er, Lunden zu meiden, aber zu dieser frühen Stunde vermutete er kaum Leute auf den Wegen und entschied sich dann doch für diese Strecke.

181

Die Kirche des Ortes, die von dem alten Geschlechterfriedhof umgeben war, hatte er schon hinter sich gelassen.

Er hatte den Ortsausgang fast erreicht, als plötzlich mehrere kräftige Männer von verschiedenen Seiten über ihn herfielen und ihn vom Pferd rissen. Einige Bauern kannte er, aber auch Polizisten waren darunter. Wo waren die alle hergekommen?

„Ohloff, haben wir dich endlich!"

„Knüpft ihn gleich auf!"

„Haut ihn tot!"

Schläge prasselten auf ihn nieder. Mit den Füßen schlug er in Todesangst um sich, denn seine Arme wurden wie von Schraubstöcken gepackt.

Sie zogen ihn hinter sich her. Seine Beine schleiften auf der Erde. Seine Knie waren schon wund und bluteten. Sie stießen ihn unsanft vorwärts und immer wieder zuckte er zusammen von schmerzhaften Schlägen gegen seinen Kopf.

Aber sie töteten ihn nicht. Er wurde ins Lundener Zuchthaus gebracht, in die einzige Zelle geworfen und mit einem Fußtritt in den Magen beendeten die Männer ihr peinigendes Geleit. Die Tür wurde zugeworfen und hämische Gesichter betrachteten ihn.

„Na, da sind dem Fährmann die hundert Taler Belohnung wohl so gut wie sicher, was?", feixte Einer.

„Wie kann man nur so blöd sein und nach dem Übersetzen nicht gleich verschwinden?", fragte ein Anderer. „Wie kann man mit so einem auffälligen Pferd zurückkommen?"

Lachend gingen sie fort und Peter-Johannes lag verzweifelt auf dem kalten Fußboden der Zelle.

Was hatten sie mit ihm vor?

Er erfuhr es wenig später, als einer der Polizisten ihm mitteilte, dass es in wenigen Augenblicken nach Heide gehen würde. Sein Gefangenentransport sei vorbereitet und zwei Polizisten würden den Wagen begleiten. Peter-Johannes fragte nach Papier und einer Feder. Er wollte einen Brief an Constanze schreiben. Sie darum bitten, zu Hansen zu gehen, um sich von ihm seine Lebensgeschichte erzählen zu lassen. Er hätte so gerne, dass sie ihn nicht nur als einen schlechten Menschen in Erinnerung behalten sollte.

Die Bitte wurde höhnisch lachend abgelehnt. Dann bat er um Wasser, woraufhin der Wärter wieder nur lachte und meinte, hier könne er lange betteln. Er würde außer noch mehr Prügel nichts, aber auch gar nichts bekommen. Fußfesseln wurden ihm angelegt und seine Hände wurden schmerzhaft eng vor dem Körper zusammengebunden.

Wenig später schleppten sie ihn aus der Gefängniszelle um ihn nach Heide zu transportieren. Vor dem Gefängnis hatten sich etliche Leute versammelt, einige gingen auf Peter-Johannes zu, um ihm, wie sie sagten, auf den Wagen zu helfen. Aber sie wollten nur näher an ihn herankommen um ihn zu verprügeln. Mit Fäusten schlugen sie auf ihn ein, während sie ihn auf den Wagen hoben.

Frauen spuckten ihn an, Kinder warfen Steine nach ihm. Nur das Eingreifen der Polizisten verhinderte Schlimmeres. Er war froh, als der Wagen sich endlich in Bewegung setzte und er hoffte, dem Ärgsten entgangen zu sein.

Aber bald wurde er eines Besseren belehrt.

Wie ein Lauffeuer hatte sich seine Festnahme und der anstehenden Überführung nach Heide verbreitet.

Links und rechts des Weges standen die Leute, um ihn zu sehen und zu beschimpfen. Mit Knüppeln bewaffnete Männer erwarteten ihn schon, um sich die Gelegenheit, selbst Hand anzulegen, nicht entgehen zu lassen.

Immer wieder wurde er von Steinen getroffen. Dass sie ihn bespuckten, bekam er kaum mit.

Nach einigen Kilometern wurde den Polizisten die Sache zu gefährlich und sie entschieden, umzukehren und die Fahrt nach Heide zu verschieben. Schließlich wollten sie ihn lebend ausliefern, damit er seine gerechte Strafe durch die Obrigkeit erhielt.

Der Rückzug lief etwas glimpflicher ab. Die Leute waren schon an ihre Arbeit oder nach Hause zurückgekehrt, weil sie den Tross auf dem Weg nach Heide vermuteten. Nur einige säumten noch die Wegesränder. Die Polizisten behielten die Oberhand und so erreichte ihn nur von Ferne Häme und Spott.

Grob wurde er in Lunden vom Wagen gezerrt und in die Zelle zurück gebracht. Die Fußfesseln wurden nicht entfernt, aber die Hände wurden von den Fesseln befreit. Das rohe Fleisch leuchtete Peter-Johannes entgegen. Er zitterte vor Schmerz.

Seine zerrissenen Kleider hingen blutverkrustet an seinem Körper herab. Blaue Flecken übersäten jedes Körperteil.

Ein Becher Wasser und eine Scheibe trockenes Brot wurden ihm in die Zelle gereicht.

„Damit wir dich lebend abliefern können", meinte der Gefangenenwärter gehässig und schmiss die Kerkertür zu.

Dann war nur noch Stille um Peter-Johannes. Er trank gierig das Wasser, rührte das Brot aber nicht an. „Wozu", dachte er. „Ich werde nicht mehr lange zu leben haben." Nur die Gedanken an Constanze und daran, wie schön er mit ihr hätte leben können, wie viele Kinder sie hätten haben können, ließen ihn die Nacht überstehen.

Er schloss mit seinem Leben ab. Vater und Mutter bat er um Verzeihung, dafür, dass er den guten Ruf der Familie ruiniert hatte, Gott bat er um Erbarmen und immer wiederholte er flüsternd: „Constanze, ich liebe dich."

Seine Gedanken schweiften in die Vergangenheit zurück. Dahin, wo durch Hedwig alles begonnen hatte.

Seine Freunde Marten und Hermann kamen ihm in den Sinn. Seine Arbeit bei den Ziegen und beim Müller, die schöne Zeit, die er bei Pauly mit dem Austragen der Zeitungen verbracht hatte. Der Moment, als er sich den Grauen kaufte und immer wieder Constanze.

Er war gerade erst zweiundzwanzig Jahre alt geworden. Sollte er wirklich so früh sterben?

Die Kerkertür wurde aufgerissen. Jetzt war es also Zeit, erneut nach Heide aufzubrechen.

Es war sehr früh, die Sonne war gerade erst aufgegangen. Ebenso unsanft wie am Vortag wurde er auf den Gefangenenwagen gehievt. Mühsam hielt er sich dort mit den geknebelten Händen an den Holstäben fest.

Trotz der Vorfälle des gestrigen Tages begleiteten nur zwei Polizisten und zwei andere Gerichtsdiener den Wagen. Ihm blieb nichts als die Hoffnung, dass die Lundener ihre gröbste Wut schon abreagiert hätten, als sich der Trupp in Bewegung setzte.

Aber schon am Ortsausgang erwies sich diese Hoffnung als unbegründet. Aufgebrachte Menschenmengen, die sogar aus Heide und den umliegenden Dörfern eingetroffen waren, säumten die Wege.

Sie standen nicht mit leeren Händen da, sondern hatten sich mit Forken, Knüppeln, Steinen, Schaufeln, und langen Messern versorgt. Ihm war nicht einmal mehr übel vor Angst. Er versuchte, sich innerlich vor dem Schrecklichen zu wappnen, das er auf sich zukommen sah.

Blitzartig wurden die Begleiter des Wagens angegriffen und außer Gefecht gesetzt. Die setzten sich lieber gar nicht erst zur Wehr.

Dann wurde Peter-Johannes blutrünstig vom Wagen gerissen. Er sah über sich eine Masse aus wutverzerrten Gesichtern.

185

Seine ängstlichen Rufe nach Erbarmen schienen die Menge nur anzustacheln. In ungeordneter Folge prasselten Knüppelschläge, Beleidigungen, Fußtritte, Fausthiebe, Pöbeleien und Steine auf ihn nieder.

Einer davon, der seine Augenbraue aufgerissen hatte, ließ das Blut in Strömen über sein Gesicht laufen.

Schmerz zerriss ihm die Glieder. Ein Messer schlitzte sein Bein auf. Seine Knochen konnte er brechen hören.

Mit gefesselten Händen versuchte er wenigstens seinen Kopf zu schützen, aber es hatte keinen Sinn mehr.

Mit weit aufgerissenen Augen sah er den schweren Hammer, der gleich sein Gesicht zertrümmern würde, auf sich hernieder sausen und schrie mit letzter Kraft:

„Constanze, ich…"

Bisher erschienen:

2011 „Der besondere Heider Friedhof"
Ein reich bebildertes Sachbuch
ISBN 9783842382763

2014 „Spuren der Dichterin Sophie"
Ein Frauenschicksal im 19. Jahrhundert - Historischer Roman
ISBN 9783735762887

2014 „Kleine Elfengeschichten"
Ausschließlich als E-Book

2015 „Schatten über Schloss Allstedt"
Historischer Krimi im 19. Jahrhundert
ISBN 9783738655407

Alle Werke auch als E-Book